Vitruve sur Garonne

ISBN : 978-2-36652-319-5

Couverture : Composition @ Charlotte Picouilla

Jacques Elbaz

Vitruve sur Garonne

Collection Noir Austral

Chapitre I

Dimanche 18 novembre

La pluie épaisse de novembre forme un rideau sinistre. Ses ruissellements dévalent les chaussées en torrents urbains que les caniveaux n'arrivent plus à avaler. Jean-Pierre Delponte, directeur de la clinique du Château Vert, regarde l'averse par la fenêtre de son bureau. Nuits agitées, sensibilité à fleur de peau, mauvaise humeur… « Marre ! Je commence vraiment à en avoir marre ! »

À soixante-cinq ans, chirurgien bedonnant au front large et dégarni, il regarde les autres et le monde du haut d'un ego démesuré. Le léger strabisme qui affecte ses pupilles bleu-gris lui donne un air fureteur et pénétrant.

Il déroule la liste des contacts sur son portable jusqu'à *maison*. Puis sa voix résonne, cassante :

« C'est moi. Encore une corvée comptable… Je sais qu'on est dimanche… Ne m'attends pas. J'ai pris un en-cas, je dormirai ici… Oui… À demain. »

Au boulot, maintenant !

Le bourdonnement de la circulation s'éteint sur l'avenue. C'est l'heure du repas et du journal télévisé. Dans ce bourg à quelques kilomètres au sud de Toulouse vivent des gens simples, sans histoires, préoccupés par leurs emplois, leurs crédits, l'éducation de leurs enfants… Jean-Pierre Delponte hausse les épaules.

Je bronzerai bientôt sous le soleil des Caraïbes. Du sable blanc, des filles dociles et du pognon plein les poches.

Il bâille, contourne le bureau jusqu'à un rayonnage empli de classeurs.

Il ne perçoit pas le déplacement feutré dans son dos. Une silhouette souple, vêtue de noir, cagoulée. Deux grands trous pour les yeux, une fente pour les lèvres. Et une voix qui claque :

— Retourne-toi. Pas de mouvement brusque.

L'injonction glace le sang de Jean-Pierre Delponte. Il s'exécute et se retrouve face au canon d'un pistolet prolongé d'un silencieux.

— Assieds-toi.

Il rejoint sa place derrière le bureau. La silhouette l'observe en silence. Elle attend... Jean-Pierre aussi. Il dévisse le capuchon de son stylo-plume. Le revisse. Il triture une carte de visite. La repose devant lui. Il ne comprend pas et c'est insupportable. Il finit par bredouiller :

— Pourquoi ?

Une photo atterrit sous son nez. Les lèvres de Jean-Pierre se mettent à trembler.

— Je ne connais pas ce gosse, ment-il. Expliquez-vous, bon sang !

— Tu as très bien compris.

La voix, calme et froide, lui colle la chair de poule. Son dos se raidit, ses joues blêmissent. Il essuie son cou et sa nuque. Des images lui reviennent, se bousculent dans son esprit.

— S'il vous plaît. Dites-moi ce que vous voulez... Je vous jure que...

— Ne jure pas, ça sert à rien.

Comme par magie, une matraque télescopique en fer noir se déploie dans la main droite de l'agresseur. La gauche oriente le pistolet vers le mur. Un léger claquement mat, et un verre se brise sur une étagère. Un deuxième et une lampe explose. Ensuite vient le tour de la statuette de plâtre symbolisant un forgeron au travail.

Par trois fois, Jean-Pierre Delponte sursaute, les mains devant le visage comme pour se protéger des éclats. Une vague de frissons lui parcourt le dos. Sa peur se mue en rage, en haine.

*Si je pouvais t'*étrangler, tu cracherais *ta langue, salopard.*

Déclic de l'interrupteur. La pièce plonge dans une demi-obscurité, juste éclairée par les veilleuses du couloir. Jean-Pierre Delponte transpire. L'espoir l'abandonne. Puis refait surface : le pistolet est relégué dans la poche de l'agresseur. Jean-Pierre essaie de se rassurer, tente de se redresser.

La voix le gifle.

— Ne bouge pas.

Le directeur songe à tous les quidams qu'il méprisait il y a un instant. Tous ces gens ordinaires devant leurs télés, pitoyables… La mer Caraïbe est loin et maintenant il les envie. L'angoisse brûle ses veines… Et une idée traverse soudain son esprit. Malgré ses jambes qui le soutiennent à peine, il rassemble son courage, pose ses mains sur son bureau et entreprend d'étirer sa carcasse. Son estomac gargouille.

— Qui t'a autorisé à te lever ?

La gorge sèche et les dents crispées, Delponte avale sa salive, parvient à articuler quelques mots dans lesquels il place son salut.

— J'ai de l'argent, là, dans le coffre. Quarante mille euros. Cash.

— Ah bon ?

Jean-Pierre ne perçoit pas l'ironie. Il s'accroche à l'espoir, tend le doigt vers le mur.

— Oui, juste là, quarante mille.

— Ouvre, puisque tu y tiens. Voyons tes petits secrets.

En quelques enjambées maladroites, les bras levés et sans gestes brusques, Jean-Pierre Delponte rejoint le coffre-fort dissimulé derrière une rangée de livres qu'il déplace lentement au sol. En tremblant, il tourne la molette quatre fois dans un sens, trois dans l'autre. Il renouvelle l'opération en énonçant la combinaison à haute voix pour prouver sa bonne volonté. La chemise colle à sa peau. La sueur coule de son front à ses cils et brouille sa vue. Il engage sa main dans le coffre. La matraque fracasse son poignet. Delponte hurle. L'agresseur aussi :

— Pour qui tu me prends !?

Il jette un œil à l'intérieur. Aucune arme. Seulement des liasses de billets, un tas de papiers qui finit à terre et un cahier broché qu'il considère avec attention. Il tourne une page, deux, feuillette plus avant… Et il s'exclame, d'une voix moqueuse :

— Tu as eu raison de l'ouvrir, ce coffre !

Le ton sarcastique colle un froid glacial sur les épaules de Jean-Pierre. Il ne comprend rien, pleure de peur et de douleur, gémit :

— Quarante mille euros… C'est beaucoup d'argent… Demain, à l'ouverture de la banque, je peux…

— Ta gueule ! Surtout, ferme-la.

Jean-Pierre Delponte acquiert la certitude qu'il va mourir. Sur l'écran de ses paupières, l'histoire de sa vie défile en un éclair : ses parents, sa femme, sa fille… Les Caraïbes.

La matraque frappe. Jean-Pierre lève les mains au-dessus de la tête, encaisse le premier coup avec l'avant-bras avant qu'un deuxième, circulaire, n'atteigne sa nuque. Il s'affale. La matraque s'abat à nouveau. L'agresseur laisse échapper un grognement sourd. Le fer cogne encore. Encore. Le crâne de Jean-Pierre éclate. Ses tempes défoncées vomissent de la cervelle. Un filet rouge, sombre et gluant, s'écoule de sa bouche et de ses narines. Sur ses rares cheveux, au-dessus des oreilles, une purée visqueuse retient quelques morceaux d'os.

Jean-Pierre est immobile, face contre terre. L'assassin se fige, respire à pleins poumons. Du pied, il retourne le cadavre sur le dos, puis dirige le canon du pistolet vers la tête. Un œil fermé pour mieux viser, il tire une première fois entre les yeux. Deux autres dans les mains. Il ôte sa cagoule, se penche sur le corps et enserre le cou de Jean-Pierre d'un cordon de cuir noir auquel est accroché un médaillon en céramique.

— Ton coupe-file pour ouvrir le bal en enfer.

Chapitre II

Lundi 19 novembre

À trois heures du matin, le capitaine Bruno Levasseur s'endort enfin.

Moins de cinq minutes plus tard, un garçon, aussi ivre qu'elle, abandonne sa fille unique, Sophie, devant la porte. La jeune femme a hérité de sa mère, disparue quatre ans auparavant, un corps délicat et longiligne. Comme elle, elle coupe ses cheveux bruns au carré. Bouffie d'alcool, les yeux exorbités, elle tambourine à la porte.

— C'est moi. Ouvre... Ohé, c'est moi !... Ouvre !!

Tout le quartier en a profité. Levasseur émerge, comprend, puis se précipite au-dehors. Sa fille tombe dans ses bras, il la conduit dans sa chambre. Pour un homme de son gabarit, la cinquantaine entretenue, épaules larges et cou de taureau, cela ne requiert aucun effort.

Sophie est adulte, responsable, elle veut vivre sa vie… Sophie a dix-sept ans et elle vient de s'endormir dans les bras de son père qui l'étend tout habillée sur son lit et l'embrasse sur le front. Puis il retire ses chaussures et dépose sur son corps frêle un édredon épais, prenant soin de couvrir ses épaules.

Assis sur le bord du matelas, il se revoit avec sa femme, Olivia. Famille unie, vie heureuse. Bien sûr, son métier le conduisait parfois à rentrer tard. Si tard que, lorsqu'il posait un baiser sur le front de sa fille, elle dormait depuis longtemps. Mais au moins ils vivaient ensemble… Jusqu'au drame : le soir du solstice d'hiver, Bruno avait omis de faire les courses. Olivia était ressortie acheter de quoi préparer Noël. Un chauffard l'avait renversée sur le chemin du retour, à quelques mètres de sa porte d'entrée.

Bruno se reproche le malheur chaque jour. Il est hanté chaque nuit.

Sophie est orpheline par ma faute. Aujourd'hui elle me juge. Demain elle me condamnera. C'est ainsi que les enfants grandissent.

Le conducteur s'était enfui. Grâce aux caméras de surveillance, il avait été interpellé quelques mois plus tard et avait écopé de cinq ans ferme.

La respiration de Sophie est paisible et régulière. Son père caresse ses cheveux.

Si tu savais comme je t'aime…

Après quelques minutes, il l'abandonne à son sommeil, regagne sa chambre et s'endort à son tour.

Il n'est pas sept heures lorsque la sonnerie du portable lui déchire les oreilles.

— Mmm… ?

— Bruno ? C'est Guillaume. Désolé de te tirer du lit. Le directeur de la clinique du Château Vert, tu connais ? La femme de ménage a découvert le corps.

Levasseur se peigne de ses doigts, racle sa gorge.

— Contacte la Scientifique. De quel côté je la trouve, la clinique ? Je fais pas confiance au GPS.

— J'ai déjà appelé la PTS[1], Patron. Le légiste aussi.

1. Police Technique et Scientifique.

Bruno Levasseur note l'adresse, s'habille à la hâte, se précipite à la cuisine, avale un café et allume sa première cigarette. Puis il fourre en vrac papiers et clés de voiture dans la poche de son pardessus en tweed. Avant de quitter la maison, il laisse un mot à Sophie, indiquant l'adresse du Château Vert. Pour midi il aura réservé dans ce petit restaurant asiatique qu'elle affectionne tant.

Après avoir déposé deux billets sur la table pour le taxi, il tire la porte derrière lui. Sans bruit.

Vingt minutes plus tard, Guillaume l'accueille, crayon et calepin à la main, au dernier étage de l'établissement médical.

— Salut Bruno. Voici ce que nous avons découvert en arrivant. Pas très appétissant…

Il guide son patron jusqu'à la scène de crime. Une odeur de sang séché et d'urine saute à la gorge du capitaine. Des hommes et des femmes en combinaisons œuvrent en silence. Les yeux cernés de fatigue, Bruno s'approche du légiste penché sur le mort. Il s'attarde sur son crâne, lisse comme un œuf.

— Bonjour, toubib. On connaît l'heure du crime ?

Avec des gestes minutieux de philatéliste, il est occupé à tâter la chair çà et là de la pointe d'un stylet. Il relève à peine la tête, remonte ses lunettes rondes de l'index, sans toucher au masque qui lui dévore le bas du visage.

— Salut Bruno. Entre 19 et 21 heures. Tu auras plus de précisions quand j'aurai combiné toutes les données. Mon rapport sera prêt en milieu d'après-midi. Mais je peux d'ores et déjà te dire que c'est un massacre.

— Essaie de voir s'il est mort sous les coups ou s'il a pris une balle avant. Travail de pro ou excité du gourdin, quoi…

— Bien sûr.

Bruno le remercie d'une tape dans le dos, s'adresse à un homme en blanc qui finit de ranger ses outils dans une mallette en aluminium.

— Tu as effectué les relevés ? Je peux y aller ?

Le flic de la Scientifique hausse les épaules.

— Tu peux, mon capitaine. Pas d'effraction, ni empreintes ni traces de lutte. Aucune douille non plus. On remballe.

Bruno enfile des gants en plastique. Sous le regard de son adjoint, il tire de sa poche un stylo et se penche sur le cadavre. De la pointe, il débarrasse la gorge d'une sorte de médaillon qu'il soulève avec d'infinies précautions. Son motif est célèbre : *L'homme de Vitruve*.

— Guillaume, au lieu de me contempler, donne-moi donc une pochette.

Une fois le bijou à l'abri dans le sachet plastique, Levasseur entreprend d'effectuer le tour de la pièce. Il soulève un magazine abandonné sur un meuble. Explore les tiroirs. Passe la main sous les sièges. Vérifie les feuilles sous le capot de la photocopieuse. Ses yeux fouinent, inspectent le moindre détail… Rien. Il s'empare du téléphone fixe et le tend à son collègue.

— Vérifie les derniers numéros appelés. Ne nous berçons pas trop d'illusions, mais sait-on jamais. Autre chose ?

Guillaume opte pour un ton solennel censé mettre ses compétences en valeur :

— Un bouquin, Patron. Ce qui m'a intrigué, c'est qu'il était posé là, bien visible, au milieu du bureau. L'assassin a voulu nous le glisser sous le nez, il a balayé tout ce qui se trouvait autour.

Et il tend le livret d'un geste ferme.

Au premier coup d'œil, Levasseur identifie un livre de comptes. Des montants en euros font face à une dizaine de noms. Curieusement, une page est consacrée à un seul d'entre eux : Sébastien Ferreira. Elle porte des dates suivies des petites croix griffonnées derrière des nombres à cinq chiffres. La plupart indiquent 30 000 et 40 000.

Bruno coince le cahier sous son bras et interroge son lieutenant du regard.

— Pour l'instant, c'est tout ce que nous avons, Patron. Ah, j'y pense, j'ai demandé à la femme de ménage de patienter, elle t'attend dans la pièce d'à côté, avec un agent.

— Parfait.

— Tu as remarqué que le type a reçu une balle dans chaque mimine ? Dans la tête je peux comprendre, mais dans chaque main ?…

Malgré le manque de sommeil, Levasseur ne semble pas dans un mauvais jour. Il fronce les sourcils et se mord la lèvre, en proie à l'odeur qui lui soulève l'estomac. D'un geste de la main, il ordonne d'évacuer le cadavre.

— Guillaume, tu boucles l'étage et tu me procures l'organigramme de l'établissement. Personne n'entre sans mon autorisation, c'est clair ? La veuve est au courant ?

Guillaume affiche une mine dépitée.

— L'ASH[2] a appelé une secrétaire qui a prévenu

2. Agent de Service Hospitalier.

madame Delponte juste après nous.

— Elle était déjà à son poste, la secrétaire ?

— Non, la femme de ménage l'a contactée chez elle. Rien d'anormal : elle était bouleversée, elle avait besoin de se décharger de ce qu'elle venait de voir.

— Et elle est montée jusqu'ici, la veuve ?

— Non, j'avais demandé à ce qu'on bloque les accès. Elle n'a pas dépassé le rez-de-chaussée, je l'ai immédiatement fait raccompagner chez elle par un auxiliaire.

— Tu connais ton métier. Conduis-moi à la femme de ménage, s'il te plaît.

Madame Lemoine, la soixantaine encore fraîche, est une personne coquette. Les ongles manucurés, les yeux ronds et vifs, la taille à peine élargie par les années. Elle est revêtue de la blouse bleue réglementaire des salariés, ses cheveux bruns sont coupés *à la lionne*. Elle patiente tristement, triture un trombone et respire à grand bruit par le nez. Lorsque Levasseur se plante devant elle, elle essuie une larme d'un revers de main et agite la tête de gauche à droite, comme pour effacer l'image du cadavre.

— Bonjour Madame Lemoine, lâche Bruno en prenant une chaise. Je suis le capitaine Levasseur, du SRPJ. Vous sentez-vous assez en forme pour deux ou trois questions ? Ensuite vous pourrez rentrer chez vous.

Sans ouvrir la bouche, la sexagénaire secoue la tête, de haut en bas cette fois. Levasseur sait qu'elle est pressée d'en finir. Elle patiente depuis une heure maintenant. Il va droit au but.

— À votre arrivée, avez-vous remarqué quelque chose d'insolite ou d'inhabituel ? Réfléchissez bien avant de répondre, prenez tout votre temps, c'est essentiel.

L'explication fuse. La femme est sûre d'elle.

— Non, rien de particulier. La porte était ouverte, je m'en souviens très bien. J'ai pensé que c'était bien inutile d'en installer si, comme Monsieur Delponte, personne ne les fermait jamais.

— Jamais ?

— Non, jamais. Je n'imaginais pas que… Pauvre Monsieur Delponte.

Elle sort de sa blouse un mouchoir grand comme une serviette, le pose sur son nez et souffle bruyamment avant de poursuivre, un ton plus bas, plus fataliste.

— Si j'avais pensé qu'un jour…

Levasseur ne lui laisse pas le temps de s'apitoyer.

— Depuis quand travaillez-vous ici, Madame Lemoine ?

— J'ai été embauchée il y a plus de trente ans. Bien avant que Monsieur Delponte n'arrive. Et jamais personne ne m'a reproché quoi que ce soit… Vous m'entendez ? Jamais. Et si je vous dis que la porte était ouverte, c'est qu'elle l'était. Oh que oui. Elle l'était !

Le policier s'empresse de calmer le jeu.

— Bien sûr, Madame Lemoine, bien sûr, je vous crois… Quand vous avez découvert le corps, qu'avez-vous fait ?

— J'ai appelé Audrey.

— Audrey ?

— La secrétaire… Elle m'a dit de ne toucher à rien et qu'elle contacterait la police elle-même. Est-ce que vous savez pourquoi on a tué Monsieur Delponte ? Vous connaissez l'assassin ?

— Pas encore, Madame… Mon adjoint va vous laisser un numéro. N'hésitez pas à appeler si quelque chose vous revient. N'importe quoi, même si cela vous semble négligeable. Parfois des détails insignifiants se révèlent de précieux indices.

Madame Lemoine secoue la tête affirmativement.

— Merci, vous êtes libre de rentrer chez vous, le

lieutenant va vous reconduire jusqu'à l'entrée.

Bruno demande à Guillaume de relever ses coordonnées et de la raccompagner. Puis il ajoute :

— Appelle Séverine et dis-lui de me rejoindre illico. Ensuite tu bats le rappel. On se retrouve tous au Central à 18 heures.

Directeur de clinique : paquet de pognon. L'épouse est toujours la première suspecte. Autant la rencontrer tout de suite. Le temps que Séverine arrive. Allez, mon vieux, il faut battre le fer.

Chapitre III

Lundi 19 novembre

Accompagné de la lieutenante Séverine Cazalbou, Bruno Levasseur joue des coudes sur le boulevard de Strasbourg. Au milieu du marché de plein vent, ils se fraient un chemin entre les cageots de légumes, les feuilles mortes et les rôtisseries aux effluves salés. Ils souhaitent interroger la veuve Delponte le plus tôt possible afin de recueillir des informations à chaud.

Le hall sombre de l'immeuble de standing contraste avec sa façade lumineuse. Ils délaissent l'ascenseur pour gravir un large escalier de pierre usé en son milieu. Bruno retire son chapeau et lisse ses cheveux avant d'appuyer sur la sonnette. La porte s'ouvre sans grincement, une bouffée d'air chaud s'échappe de l'appartement.

— Capitaine Levasseur, et voici la lieutenante Cazalbou. Pouvons-nous voir madame Delponte ?

L'employée de maison les invite à entrer. La cinquantaine, les cheveux bruns mi-longs, rigide dans un chemisier blanc boutonné au col, elle arbore fièrement une poitrine ronde et pleine. Elle ne laisse rien paraître de sa désapprobation devant la tenue négligée du capitaine, sorte de Columbo à la française, chapeau et manteau élimé, mal rasé et avec des cernes sous les yeux. Il promène avec lui une légère odeur de tabac froid, mais sans avoir de cigarette aux lèvres. C'est déjà ça.

La lieutenante, brune, cheveux courts, les hanches solides, doit frôler le mètre soixante-dix. Mollets de sportive moulés dans un pantalon noir au pli impeccable, plus jeune que son chef, elle a aussi meilleure allure.

— Installez-vous, propose l'employée en désignant des sofas aux tissus *Empire*. Je vais prévenir Madame.

Dans l'immense vestibule, Bruno Levasseur promène les yeux d'un meuble à l'autre. Sur les murs, des portraits aux regards sombres donnent à la pièce l'allure austère de l'antichambre d'un notaire de province.

Une voix posée le tire de ses réflexions.

— Capitaine, Lieutenant… Madame Delponte vous attend. Si vous voulez bien me confier vos pardessus…

Après Séverine, Bruno s'exécute, lui tend aussi son chapeau.

Le plancher du salon craque à peine. Bruno retrouve la fragrance de l'encaustique de sa maison natale. Sa mère, une femme simple et laborieuse, lui avait appris à aimer ce parfum de propreté… La gouvernante arrache le capitaine à ses souvenirs.

— Madame Delponte, acceptez nos condoléances et pardonnez-nous cette intrusion matinale. Juste quelques questions, nous ferons en sorte de ne pas vous déranger trop longtemps.

Marie-Hélène Delponte opine. Elle a conservé des traits fins et beaucoup d'allure. Son tailleur souligne un corps mince et élancé. Ses yeux lourds et rougis sont ceux de quelqu'un qui a pleuré. Les quelques rides accrochées à son front ont du mal à la vieillir. En s'asseyant dans son fauteuil, elle désigne des sièges à ses visiteurs.

— Il est à peine neuf heures, vous prendrez bien un café ou un thé…

Sans attendre de réponse, elle dresse le menton vers la gouvernante.

— Annelise, préparez-nous quelque chose, s'il vous plaît.

Bruno décline l'invitation sous les yeux réprobateurs de Séverine, et pose une question d'école en s'asseyant :

— Votre mari avait-il des ennemis ?

Marie-Hélène Delponte prend une inspiration tremblante, lève les yeux au ciel puis les plonge dans ceux du policier.

— Je ne peux pas vous répondre. Il ne vivait que pour son travail. Nous résidions, c'est le mot, l'un à côté de l'autre. La plupart des personnes qu'il fréquentait appartiennent au milieu hospitalier. Ou bien c'étaient ses partenaires de golf. Je les connais très peu.

— Quand vous dites que vous cohabitiez, en quelque sorte, suggérez-vous qu'il menait une existence parallèle ?

Après une entrée discrète, la gouvernante dépose un plateau sur lequel fume une tasse de thé vert dont l'odeur caresse les narines de Séverine. Marie-Hélène Delponte congédie son employée d'un geste, attend qu'elle ait quitté la pièce, puis répond en considérant d'un air absent une grosse opale qu'elle fait tourner autour de son annulaire.

— Il ne me cachait pas ses aventures, si c'est le sens de votre allusion. Cela ne nous posait pas de problèmes et ne nous empêchait pas de nous entendre au quotidien. Que je sache, en ce moment il ne fréquentait personne.

Levasseur balance la tête en silence, comme s'il soupesait la réponse.

— Vous avez évoqué le golf. Avait-il d'autres hobbys ? Les courses ? Le jeu ?

— Non.

— Si c'était le cas, vous le sauriez ?

Marie-Hélène Delponte lève un sourcil dubitatif, le flic commence à l'agacer.

— Oui.

— Aviez-vous des dettes ou des difficultés financières ?

Cette fois, Marie-Hélène Delponte le toise.

— Non. Mon époux gagnait très bien sa vie.

— Portait-il des bijoux ?

— Il courait après les honneurs, les distinctions, les décorations… mais était allergique au métal. Il supportait à peine une montre.

Du coin de l'œil, la jeune lieutenante observe son chef allonger les secondes comme s'il tendait un élastique… Puis :

— Vous n'ignorez pas qu'il y avait un coffre dans son bureau. Savez-vous ce qu'il contenait ?

— Non. Il parlait peu de son travail.

Devant la perplexité de Levasseur, la lieutenante prend le relais, comme dans un numéro de duettistes :

— Votre mari vous a-t-il entretenue de problèmes relationnels avec du personnel ou des patients ?

La réponse ne se fait pas attendre.

— Il envisageait de se retirer. Tantôt aux Caraïbes, tantôt en Asie. Il ne semblait pas fixé. Je n'étais pas incluse dans le projet, il ne me consultait jamais quand il lui arrivait de l'évoquer.

Elle marque un temps, le regard dans le vide.

— Quand j'y pense… Il n'aura pas profité un seul jour de sa retraite…

Un éclair traverse ses prunelles et Bruno croit déceler l'ébauche d'un rictus sur le visage de la veuve. Puis ses traits se tendent à nouveau, comme pour effacer de mauvaises pensées. Bruno change de sujet, poursuit l'interrogatoire d'un ton neutre.

— Votre gendre, le docteur Ségala, chirurgien lui aussi, travaillait en étroite collaboration avec votre mari. C'est lui qui va tenir les rênes de la clinique, dorénavant ?

Marie-Hélène Delponte croise les mains sur ses genoux.

— Mon époux était chirurgien mais n'exerçait plus depuis environ deux ans, ou très rarement. Une opération de temps à autre. Il se consacrait surtout à l'administration. Mon gendre, enfin… mon ex-gendre, l'assistait en tout. Pour la paperasse comme pour les actes chirurgicaux quand cela se présentait. Bien que sa spécialité soit la toxicologie, il excelle avec un scalpel en main.

Sur le meuble qui lui fait face, le capitaine avise la photo d'un homme, chemise blanche et nœud papillon, joue contre joue avec une femme radieuse.

— C'est lui avec votre fille ?

— Exact. C'est tout ce qui reste de leur mariage.

— Je repose la question : il assurera la succession de monsieur Delponte à la clinique ?

— Oui. Un notaire a tout mis par écrit. Mon mari tenait Laurent en grande estime, même après son divorce. Et je n'y trouve rien à redire…

— Mais qui va devenir propriétaire de la clinique ?

La réponse fuse, les choses sont claires depuis longtemps :

— Je détiens 30 % du capital ; ma fille, Florence, 19 %. Le reste était au nom de mon mari.

Marie-Hélène Delponte porte la tasse à ses lèvres, se délecte d'une gorgée de thé.

— Donc : le docteur Ségala s'est séparé de votre fille, il va prendre la succession de votre mari, et cela n'interfère pas dans vos relations.

— Mon époux était beaucoup plus lié avec lui qu'avec Florence.

— Florence est fille unique ?

— Oui.

— Elle travaille aussi à la clinique ?

— Les enfants ne suivent pas toujours les chemins que vous tracez pour eux, même si vous les parsemez de pétales de roses. Florence a ouvert une galerie d'art : *L'Harmonie*... Bien qu'elle vive à deux pas d'ici, nous n'avons aucun contact depuis environ deux ans.

La lieutenante inscrit quelques mots sur son carnet, Levasseur fait de même. Après un court silence, il hoche la tête :

— Une dernière question, pure routine : où étiez-vous hier entre 21 et 23 heures ?

Il s'adresse à Marie-Hélène Delponte mais fixe la gouvernante revenue chercher le plateau. Elle baisse les yeux et repart après une demi-seconde de gêne. La femme du chirurgien croise les jambes, considère le capitaine avec arrogance.

— Je n'ai pas bougé d'ici, je me suis mise au lit vers 21 heures et j'ai lu. Il m'avait prévenue qu'il ne rentrerait pas. Je me suis endormie entre 23 heures et 23 heures 30…

Levasseur ne répond pas, jette un coup d'œil à la lieutenante. D'un signe imperceptible de la tête, elle lui signifie qu'elle ne voit rien à ajouter. Le capitaine remercie la maîtresse de maison pour son temps et s'avance pour récupérer pardessus et chapeau dans les mains de la gouvernante, réapparue comme par magie. Il range son calepin dans sa poche intérieure, puis tend sa carte de visite.

— Madame Delponte, si quelque chose vous revient, n'hésitez pas à m'appeler.

Imité par Séverine, il prend congé. La gouvernante sur leurs talons, ils traversent l'appartement et sortent.

L'air frais fouette leurs visages ramollis par celui du logement surchauffé. Le capitaine Levasseur hume et observe la rue. Il apprécie la Ville Rose, ses façades bourgeoises où la brique rouge se mêle à la pierre blanche de la Garonne… Après quelques secondes admiratives, rattrapé par le travail, il lance :

— Tu m'accompagnes au métro Jeanne d'Arc et on parle pendant le trajet ?

Séverine accepte d'un signe, souffle dans ses mains pour les réchauffer. Puis elle questionne :

— Pourquoi t'as pas interrogé la gouvernante ? C'était jouable, pendant qu'elle nous raccompagnait.

Il esquisse un sourire.

— Elle n'aurait rien dit, là-bas. Je lui ai juste demandé quand elle terminait son service pendant que tu filais dans le couloir. 16 heures. Appelle-la demi-heure avant pour annoncer ta visite chez elle. Elle parlera plus facilement à son domicile. Elle s'y sentira en sécurité… Je crois que Marie-Hélène Delponte nous a menti. Ou qu'elle nous cache quelque chose… ce qui revient au même. J'ai vu de la fatigue sur son visage, mais pas d'accablement. Même si elle semble avoir pleuré.

— De toute manière, ce qu'elle nous a raconté n'a pas grand intérêt…

— En affirmant qu'elle n'avait pas bougé de chez elle, elle a rapidement baissé les yeux. Anguille sous roche. D'autant plus qu'au même moment, la gouvernante a semblé gênée. Juste une petite crispation du visage très vite réprimée… Mais significative. Avec l'expérience, ce genre de broutille ne t'échappera plus, ma Sève… J'ai pas l'impression que c'est le grand amour entre les deux femmes…

Séverine apprécie le surnom. Un signe d'affection qui distille une chaleur discrète dans son ventre, la remue d'une effervescence sentimentale…

En poste à Toulouse depuis un peu plus de quatre ans, elle est vite devenue indispensable à Levasseur. Réactive, travailleuse, ne comptant pas ses heures… Le capitaine aime pouvoir s'appuyer sur elle. De son côté elle le trouve brillant, anticonformiste… Il a du caractère et du charme dans sa pelure… et elle est très attachée à Sophie.

Le temps d'une seconde, elle, célibataire endurcie, entrevoit l'image d'une famille…

Levasseur ne remarque pas son trouble. Il suit son idée comme un beagle sa piste.

— J'ai décelé un soupçon de satisfaction lorsque la veuve a dit que son mari ne profiterait pas de sa retraite. Un signe fugace, mais indiscutable.

— La tête fracassée indique la rage. Peut-être le crime d'un dérangé mental, d'un sadique…

— C'est vrai qu'on a rarement vu des délinquants s'acharner de la sorte sur leurs victimes. Peut-être une vengeance…

La lieutenante approuve du menton.

— C'est moche.

Levasseur se tourne vers elle d'un coup.

— Qu'est-ce qui est moche ?

— J'ai déjà vu un type massacré par vengeance. Cet acharnement… c'est le symptôme d'une maladie barbare.

— Bien sûr… Mais quand la justice roule à deux vitesses, quand quelqu'un qui a foutu une famille en l'air est relâché pour bonne conduite… On peut s'interroger…

Séverine mord sa lèvre, son front se plisse. Elle n'aurait pas dû donner son sentiment sur le sujet. Le chauffard qui a renversé sa femme n'a pris que cinq ans… Mais le capitaine se recentre. Col relevé, tête rentrée dans les épaules, il s'assure que le petit bonhomme est bien au vert avant de traverser l'avenue. À la manière d'un journaliste devant un prompteur, il lit à haute voix les pensées que son cerveau projette sur l'asphalte.

— Sur le cahier de comptes que l'assassin a laissé en évidence, on a relevé un nom : Sébastien Ferreira. Chaque fois avec de fortes sommes en face.

— Un rapport avec la veuve ?

— Lorsqu'un gros paquet est en jeu, il est rare

que l'entourage ne soit pas alerté. Et puis… Ces chiffres ne figurent pas dans la comptabilité officielle, mais sur un simple cahier de caisse. Ça pue la fraude…

Les mains enfoncées dans les poches de son manteau, Levasseur adresse un *au revoir* du menton à la lieutenante et s'engouffre dans la bouche de métro.

Arrivé au Château Vert, il arpente deux couloirs et inspecte une salle d'attente avant de trouver sa fille dans le bureau de la Direction. Deux secrétaires éplorées y travaillent en dilettante.

— Bonjour, je suis le capitaine Levasseur.

Curieusement absorbée par une brochure sur l'Italie des Médicis plutôt que plongée dans son portable, Sophie n'a pas entendu son père arriver.

— Sophie… Sophie, répète-t-il un ton plus haut.

— Papa !

Son visage s'éclaire et elle se précipite dans les bras de son père sous les regards attendris des secrétaires.

— Quand j'ai dit qui j'étais, plutôt que de me laisser moisir dans le couloir, Nadia et Audrey m'ont invitée à t'attendre ici. C'est sympa, non ?

Elle connaît déjà leurs prénoms… Il a retrouvé

sa fille et elle est heureuse de le voir… Sa première intention – lui rappeler son tapage de la nuit dernière – fait long feu. *Inutile que je l'accable… D'ailleurs, lequel de nous deux est le plus fautif ?*

— Allez viens, ma chérie, on va déjeuner.

Chapitre IV

Mardi 20 novembre

Florian quitte Carcassonne par le boulevard Sarraut et emprunte l'avenue Joffre. Il ralentit pour passer le pont au-dessus du canal du Midi. Arrivé sur le parking, face à la gare, il jette un œil au fronton. La grande horloge indique 9 heures 45.

Le jeune homme coupe le moteur de sa vieille voiture, tire le frein à main et détache sa ceinture. Puis il sort de sa poche des sachets remplis de petits comprimés colorés, se tourne vers sa passagère et les glisse à l'intérieur de son sac à main.

Sophie ouvre des yeux étonnés.

— Mais qu'est-ce que tu fabriques ?

Elle se traite intérieurement d'imbécile et comprend que si Florian a insisté pour qu'elle l'accompagne à Barcelone, ce n'est ni pour ses charmes ni pour profiter de ceux de la capitale espagnole.

— Tu comprends, avec la tronche que j'ai, j'inspire pas confiance aux douaniers. Avec les filles, ils sont moins consciencieux. C'est pas leurs bagages qu'ils lorgnent, ces salauds.

Sophie ne relève pas.

Avec sa lèvre inférieure pendante et son visage émacié, Florian n'est pas très beau garçon. Une épaisse tignasse rousse et bouclée, sorte de béret en peau de mouton, occupe le haut de son crâne.

Passé le temps de la surprise, Sophie retire les petits paquets de son sac et les lui colle sous le nez.

— Merde, j'ai pas envie de me retrouver en taule pour toi ! T'avais pas précisé que tu trafiquais. Tu m'as rien dit, putain…

Florian lui saisit le poignet.

— Refous ça dans ton sac et panique pas, ça va rouler comme sur un billard. Y'a jamais de contrôle dans une gare de province, tu comprends ? On va monter dans le train et on descendra dans six heures, c'est tout. T'as pigé ? T'es plus tranquille, maintenant ?

Devant son mutisme, il insiste :

— On profitera du paysage en bouffant des sandwiches. Tu as déjà vu les criques discrètes de la côte catalane ? Qu'est-ce que tu veux de mieux ?

Il souffle le chaud et le froid, opte pour son air le plus doux et sourit.

— Tiens, dès qu'on arrive à Barcelone, je t'invite dans un restau d'enfer. Je connais une putain de gargote de riches…

Sophie ne cède pas, elle lâche les sachets qui atterrissent sur les genoux de Florian. Cette fois, il élève la voix, la menace du doigt :

— Fais ce que je te demande et t'auras pas d'ennuis. Tu captes, oui ou merde ?

Elle ouvre la bouche mais aucun son n'en sort. Elle saisit la portée de l'avertissement. Refuser reviendrait à voir circuler sur les réseaux sociaux la vidéo que Florian a faite d'elle un soir de débauche. Il la lui a montrée, le lendemain. Sur le moment, elle avait éclaté de rire et Florian avait promis d'effacer les images…

Elle se révolte, hausse le ton.

— Tu oserais ? T'es qu'un salaud !

Florian ne répond pas, détourne la tête. Passant le dos de ses doigts maigres sur la vitre embuée, il fait mine de regarder au-dehors.

L'enregistrement est édifiant. Complètement ivre, elle se donne en spectacle. On l'aperçoit s'exhiber, avachie sur un divan, l'air hagard, le rire convulsif, la poitrine nue et les jambes écartées. Une flasque de vodka aux lèvres, un joint entre les doigts. Elle se met en scène dans des poses provocantes. La bouteille passe de la bouche à son sexe sur lequel, par moments, elle déverse de l'alcool. Pour rendre le tableau plus suggestif, elle se lève, ondule des fesses, lentement, avec les oscillations langoureuses d'une danseuse directement sortie des Mille et une nuits. Puis elle se fige, dévisage les personnes qui l'entourent, leur rit au nez et entreprend de secouer ses seins dans une sorte de chorégraphie animale qui incendie les garçons. Deux d'entre eux, ivres aussi, s'affrontent dans un concours de gestuelle obscène. La scène dure une dizaine de minutes.

— T'avais juré d'effacer…

Florian ricane, secoue la tête, puis, tout à coup, devient sévère :

— Allez, fais pas chier. Tu prends les sachets, tu vas coffrer dans les chiottes de la gare et tu m'attends dans le hall. Quand tu me vois passer, tu me suis et tu montes dans le train. Et surtout pas dans mon compartiment. Après, t'auras plus qu'à rouler tranquille jusqu'à Barcelone. Je vais t'offrir la belle vie pendant trois jours.

Elle serre les dents. D'un geste résigné, elle reprend les sachets qu'elle fourre dans son sac. Tous sauf deux, qu'elle garde discrètement dans le creux de sa main. Elle mime l'abattement.

— J'ai la trouille. Promets-moi qu'il n'arrivera rien, supplie-t-elle en se tournant pour se blottir contre lui.

Sourire en coin, ravi de penser qu'il a su se montrer persuasif, Florian entoure ses épaules d'un bras protecteur.

— Excuse-moi, j'ai été un peu brusque. Je te jure que tout se passera bien. Tu as une bouille sympa, tu peux déjouer les contrôles. À l'arrivée je te filerai une barrette pour la peine. Tu vois, j'ai mes bons côtés…

Serrée contre lui, Sophie introduit les deux sachets dans la poche de son blouson. *Si je plonge, je ne serai pas seule.* Florian continue de lui caresser les cheveux et de la réconforter. La buée d'embrumer les vitres.

— Vas-y maintenant. Et n'oublie pas : tu m'as jamais vu.

La portière claque dans son dos. Sophie ne se retourne pas. Elle s'éloigne vers la gare, la rage au cœur. Un vent violent et froid ébouriffe les voyageurs, les oblige à avancer penchés. Elle entre, traverse le hall, pénètre dans les toilettes, referme la porte derrière elle. *Jean* et culotte baissés, elle s'accroupit devant la cuvette et introduit les sachets de ses doigts tremblants. Puis, écœurée, elle retourne patienter dans le hall. Quand Florian y entre à son tour, il s'installe à bonne distance d'elle et feint de plonger dans son journal.

Dix minutes plus tard, le train est annoncé. Florian se lève et se dirige vers le quai quand trois types déboulent. *Jeans*, blousons et baskets. Pas de bagages, rapides et déterminés, l'air de savoir où ils vont. Florian se fige. Pas besoin d'un dessin : ces types puent les flics en civil. Le premier reste à l'entrée et monte ostensiblement la garde. Le deuxième file bloquer l'accès aux quais, le plus grand s'avance vers lui. Une sorte de plantigrade humanoïde à la peau cuivrée et aux mains velues. Ses cheveux coupés ras accentuent l'impression de solidité.

— Bonjour Monsieur. Contrôle d'identité. Papiers, s'il vous plaît.

Dans le hall, les têtes tournent, les badauds s'arrêtent et fixent la scène. Ce n'est pas tous les jours qu'on assiste à une opération de police. Florian évite de regarder Sophie. Il plonge la main dans sa poche intérieure, en sort un vieux portefeuille en cuir marron qu'il ouvre et tend au policier.

— Il y a un problème ?

L'officier en civil s'abstient de répondre. D'un geste poli, il indique à Florian de le suivre dans le petit local technique qui jouxte les toilettes.

— Mais pourquoi…

— S'il vous plaît, ne faites pas d'histoires. Il y en aura pas pour longtemps.

Des voyageurs se sont rapprochés, les valises à roulettes plantées à leurs pieds, jusqu'à former un attroupement que le policier, agacé, disperse d'un geste de la main.

Plus personne ne paraît entendre la voix qui résonne dans le haut-parleur pour annoncer le train qui entre en gare. L'interpellation a capté toutes les attentions. Seule Sophie semble s'en désintéresser. Le sang bat à ses tempes, mais elle parvient à se diriger vers la sortie sans presser le pas, les doigts crispés sur son bagage. L'air frais lui fouette le visage, la revigore. Elle respire à pleins poumons. Jamais elle n'a autant apprécié l'hiver. Quand elle a vu les flics débouler, elle a bien cru que sa vie allait basculer. Elle a dû faire un gros effort pour éviter que sa vessie ne se vide sur place. À présent qu'elle est tirée d'affaire, elle souffle.

Un homme aux boucles blondes, appuyé au réverbère de la station de taxis, l'observe sous cape, un mauvais sourire aux lèvres… Tout près de là, sur la promenade du canal, stationne un car. Les passagers ont embarqué mais la porte est encore ouverte, comme si le chauffeur l'attendait pour démarrer…

Qu'importe la destination pourvu qu'elle s'éloigne d'ici.

À peine a-t-elle posé le pied à l'intérieur que dans son dos la voix du flic à la carrure de grizzly la glace.

— Mademoiselle. Police. Suivez-moi, s'il vous plaît.

Chapitre V

Mardi 20 novembre

Levasseur se dirige vers ce qui fut le premier Parlement de province. Le verre, l'acier et les briques rouges allient la modernité à l'esprit d'indépendance de la région. *Subtile combinaison. Le présent ne fait pas d'ombre au passé. Mariage réussi, chapeau l'architecte.*

Le rapport du légiste tient sur une page qu'il a assimilée en quelques minutes. Arrivé au palais de Justice, il jette un œil à sa montre : pile à l'heure chez la juge.

Après avoir parcouru un dédale de couloirs, Levasseur frappe à la porte de la magistrate. Une voix claire l'invite à entrer.

— Bonjour, Madame la Juge, dit-il en se rapprochant du large bureau.

Debout face à lui, la quarantaine menue, Mélanie Perez lui arrive à peine au-dessus de l'épaule. Ses cheveux courts et bruns encadrent un visage fin. Elle donne une impression de fragilité qui fait sourire ceux qui la connaissent, tant elle contraste avec sa personnalité. Pourtant, tout le Palais la surnomme *Mignonnette*.

— Bonjour, Capitaine. Prenez place. Du nouveau dans notre enquête ?

Levasseur se lance dans une synthèse lapidaire, comme les aime Mignonnette qui semble toujours bouillir d'impatience.

— Le meurtre a eu lieu dimanche entre 19 et 21 heures. Un massacre qui indique une forte charge émotionnelle. Jalousie, vengeance ou éventuellement une crise psychotique. Les analyses ne révèlent pas de substance illicite. Un peu d'alcool, pas d'ébriété. Pas d'argent dans le coffre retrouvé ouvert. L'assassin a attaché un médaillon autour du cou de sa victime, sur lequel est représenté l'homme de Vitruve. Il a aussi laissé un livre de compte en évidence sur son bureau. Un nom y revient souvent : Sébastien Ferreira. Nous le cherchons. En vain pour le moment.

Sans greffière depuis une semaine, Mignonnette

prend ses notes elle-même. Elle n'en est pas moins attentive :

— Les armes ?

— Barre de fer, matraque, batte de base-ball... ce genre de choses, pour le crâne. *22 long rifle* pour les balles : une dans chaque paume, une troisième entre les yeux. Le tireur est très habile.

Mélanie Perez hoche la tête en silence, griffonne son carnet. Puis :

— Des traces d'ADN ?

— La Scientifique n'a rien trouvé.

— C'est tout ce que vous possédez comme éléments ?

— Le livre de comptes est à l'étude, nous devrions obtenir des conclusions sous peu.

— Je l'espère, Capitaine. Faites parler ce cahier et amenez-moi des résultats au plus tôt.

Levasseur marque une courte pause avant d'évoquer la piste la plus prometteuse. Il se pince le menton et se lance :

— Je ne suis pas convaincu de l'innocence de Marie-Hélène Delponte. Rancœur, jalousie, argent... Ses mobiles ne manquent pas et l'interrogatoire de sa gouvernante nous a appris qu'elle a menti sur son emploi du temps.

Il consulte les notes transmises par Séverine et ajoute :

— Elle a affirmé s'être couchée vers 21 heures et n'avoir pas bougé. Or, ce soir-là, sa domestique a dû revenir chez sa patronne pour une futile question d'intendance. Et elle l'a aperçue quittant le garage au volant de sa voiture.

Mélanie Perez approuve par de petits mouvements de tête.

— Une piste sérieuse… Investiguez-moi ça au plus tôt. Cette histoire de médaillon ne me dit rien qui vaille non plus. Quand un assassin laisse un indice, c'est généralement qu'il est dérangé.

Bruno serre la main tendue.

— Comptez sur moi pour mettre les bouchées doubles.

Chapitre VI

Mardi 20 novembre

Dans son malheur, Sophie mesure sa chance de se trouver à Carcassonne. À Toulouse, son père aurait été informé de ses turpitudes. Elle serait morte de honte et terrorisée à l'idée de lui porter préjudice.

Le flic baraqué s'appelle *Orchini*. Il a l'accent corse.

— Dans le portable de votre complice, nous avons découvert une vidéo compromettante. Elle pourrait vous nuire pendant des années. Rien de ce qui est mis en ligne ne s'efface. Jamais. Vous en êtes consciente ?

E-réputation salie pour toujours. Virée du lycée, moquée aux entretiens d'embauche, traitée de traînée par ses amis… et pire : déconsidérée par son père. L'angoisse tire ses traits, ses yeux se mouillent, sa voix tremble.

— Il m'avait beaucoup fait boire.

— Qui ça ?

— Florian.

Orchini opine du chef.

— Quelqu'un vous a-t-il menacée, à part lui ? Vous connaissez ses fréquentations ?

Elle se frotte les yeux, jette un regard anxieux au policier.

— Non… On s'est rencontrés dans une soirée… Y'avait qu'à s'inscrire sur Whatsapp. On recevait une adresse et un code d'accès. Suffisait de venir avec une bouteille.

Orchini hoche à nouveau la tête, silencieux pendant quelques secondes. Puis il lance :

— Votre père est de la maison.

Quatre heures de garde à vue ont vidé Sophie de ses larmes. Les joues sillonnées mais les yeux secs, elle questionne :

— Vous allez lui dire ?

Le policier corse pince ses lèvres, retient des paroles d'indulgence, tente en vain de paraître sévère :

— Vous êtes mineure. Il doit être informé… Mais ce serait peut-être mieux pour lui s'il entendait l'histoire de votre bouche… Je peux compter sur vous pour tout lui expliquer ? Je lui en toucherai un mot par la suite, bien sûr.

Dans le couloir résonnent des pas, des voix, les grelots synthétiques de la machine à café et ceux des téléphones… Les tempes de Sophie la font souffrir presque autant que la perspective de tout avouer à son père… Pourtant un « oui » chancelant finit par tomber de ses lèvres. Elle promet.

— Et pour la vidéo ?

— Ne vous souciez pas de ça. Nous avons saisi le portable et j'ai moi-même effacé la séquence compromettante. A priori, elle n'a pas été diffusée. Une chance…

Sophie soupire, remercie d'un imperceptible signe de tête. Elle voue une confiance et un amour sans bornes à son père. Pour rien au monde elle n'aurait souhaité le mettre en difficulté, lui occasionner la moindre peine. Ils vivent l'un pour l'autre depuis la mort de sa mère.

Le Corse pose les mains à plat sur le bureau et se lève, ramenant d'un coup la jeune fille à la réalité.

— Nous en avons fini, Mademoiselle. Vous êtes libre.

Tout raconter à son père… Voilà la véritable épreuve.

Chapitre VII

Mardi 20 novembre

Dans son bureau du boulevard de l'Embouchure, Bruno Levasseur pose un œil distrait sur le cadre devant lui. Sophie y affiche un sourire d'enfant. Punaisés au mur, ses dessins ont vieilli, ils rappellent une enfance malheureusement révolue. *Toujours aussi belle, même si tes joues ont perdu leurs rondeurs écolières*... Puis il se dirige vers la salle de briefing.

Les enquêteurs l'y attendent. Buste raide et menton haut, Guillaume toise l'assemblée depuis le coin de table où il a posé ses fesses. Arnaud est assis sur une chaise qui doit avoir trente ans de plus que lui. Les sièges d'Éric et Wilfried affichent la même sénilité. Seule Séverine se tient debout, droite comme un « I ».

Le capitaine passe la porte, les regards se concentrent sur lui. Il se lance dans l'exposé des faits sans préliminaires, comme à son habitude.

— Derniers éléments de l'affaire Delponte : le diamètre du médaillon est de quatre centimètres. Vous avez reconnu l'image qui y est gravée : une copie de l'Homme de Vitruve, dessiné par Léonard de Vinci. Arnaud planche dessus, notamment pour savoir si c'est un objet industriel ou une pièce unique.

Arnaud confirme d'un hochement de tête, Levasseur poursuit :

— Le médaillon était propre. Pas de trace de sang. Et la veuve Delponte affirme que son mari ne portait jamais de bijou. C'est donc l'assassin qui l'a placé autour du cou de la victime après l'avoir tuée. Par ailleurs : Guillaume, tu as bossé sur l'aspect *pognon* de l'affaire. T'en es où ?

La quarantaine, trapu, deux petits yeux fouineurs enfoncés dans un visage au menton carré et quasiment imberbe, l'homme roule des épaules et se place face à ses collègues. Il prend l'air concentré du premier de la classe au tableau.

— Je n'ai pas encore accès aux comptes de Delponte. La juge doit s'occuper de la réquisition bancaire aujourd'hui. J'ai donc seulement bossé sur le cahier de caisse trouvé sur le lieu du crime. Six lignes indiquent un certain *Ferreira* face à des sommes allant de 30 000 à 45 000 euros. Mais je reviendrai sur Ferreira plus tard. La quatrième de couverture du registre avait une doublure assez grossière. J'y ai trouvé un contrat d'assurance-vie au profit de l'épouse de la victime. Montant…

Il marque un temps d'arrêt, sourit en découvrant des dents bien alignées par un orthodontiste hors de prix, et lâche :

— Deux millions d'euros. Pas mal, non ?

Un léger brouhaha s'élève, ponctué de quelques sifflements admiratifs. Guillaume en profite pour solliciter Séverine :

— Tu veux bien me servir un caoua ?

Elle se dirige immédiatement vers la cafetière et remplit un gobelet. Elle y plonge un demi-sucre qu'elle fait fondre avec une touillette. Puis, sans se presser, elle retourne auprès de Levasseur et sirote le noir breuvage en regardant Guillaume dans les yeux. Le capitaine fixe ses adjoints à tour de rôle. Désamorcer les conflits naissants fait aussi partie du boulot. Il enchaîne :

— En interrogeant la gouvernante des Delponte,

Séverine a appris que la veuve avait menti sur son emploi du temps. Contrairement à ce qu'elle a affirmé, elle n'était pas chez elle le soir du meurtre. La domestique l'a vue quitter le garage dans sa voiture et tourner à droite sur le boulevard avant de prendre encore à droite sur l'avenue Honoré Serres. Elle s'est donc dirigée vers le nord.

— Mais… la clinique n'est pas au nord ! Je fais erreur ? demande Arnaud.

— Tu ne te trompes pas. Mais il y a quelqu'un d'intéressant, dans cette direction. Guillaume, à toi.

— J'ai eu du mal à le trouver parce que *Sébastien*, c'est son deuxième prénom. En fait, il s'appelle : Álvaro, Sebastião, Ferreira. Il dirige une concession d'automobiles de luxe en banlieue, il lui arrive de convoyer de gros modèles depuis la Suisse… Et sa liaison avec Marie-Hélène Delponte est de notoriété publique. Un secret de Polichinelle qu'elle s'est bien gardée de nous révéler.

Séverine gagne le tableau. Y figurent, agrémentés de photos, les noms *Jean-Pierre Delponte*, *Marie-Hélène Delponte* et, au-dessous, celui de *Florence Delponte*, leur fille, et de *Laurent Ségala*, leur ex-beau-fils. Avec une certaine solennité, la lieutenante ajoute celui de *Sébastien Ferreira*. Puis elle trace deux flèches à double sens qui le relient à celui de sa maîtresse et celui de la victime. Un triangle amoureux, comme souvent…

Guillaume peste intérieurement. Séverine lui vole la vedette. Il fait bonne figure mais il fantasme, se voit marcher résolument vers elle et lui jeter un gobelet de café au visage… Au lieu de cela, il l'approuve :

— Séverine a bien résumé l'affaire. Marie-Hélène Delponte avait tout à gagner dans la mort de son mari : héritage, assurance-vie et une existence au grand jour avec son amant qui, d'après le livre de comptes, était sûrement rémunéré par la victime. Peut-être un chantage…

Le capitaine considère ses subordonnés d'un œil satisfait, puis lâche :

— Marie-Hélène Delponte est physiquement incapable de tuer avec une telle violence… Je vous laisse méditer là-dessus. Maintenant, les consignes : je ne tiens pas à ce qu'on serre Ferreira tout de suite. Arnaud, tu le mets sous surveillance avec Wilfried. J'aimerais qu'il continue de se croire peinard et qu'il fasse une erreur, pour peu qu'il en ait une à commettre. Pour ce qui est de Marie-Hélène Delponte, en revanche, Guillaume :

tu la convoques et tu la mets sur le gril dès ce soir. Tu te sens de gérer l'audition ?

— Oui, Patron.

— Très bien. Séverine, dès que Wilfried a un moment de libre, vous allez ensemble cuisiner la fille Delponte. Allez, au boulot, et on compte pas ses heures !

Le groupe se disperse, Levasseur retient Séverine et glisse à son oreille :

— Ce soir, au Zénith, je vais voir *Anna Karenine,* donné par le ballet *Boris Eifman*. J'ai déjà les places… Ça te branche ?

Chapitre VIII

Mardi 20 novembre

Guillaume se sent pousser des ailes. Pour la première fois, il va mener un interrogatoire sans le boss. Il a longtemps attendu ce moment, il se frotte les mains. Une bouffée d'orgueil lui monte à la tête : le règlement exige que sa porte reste ouverte, tant mieux. Il veut que ses collègues ne perdent pas une miette de l'entretien. D'ailleurs il demande à Stéphane de l'assister pour taper le compte rendu. Il rapportera au capitaine comment il a mené l'affaire de main de maître. Aucun doute : la veuve Delponte passera aux aveux.

Marie-Hélène Delponte n'a pas traîné pour se rendre au commissariat. Dans le sas en demi-cercle qui précède l'entrée, un policier vérifie le contenu de son sac et lui autorise le passage. Elle pince les lèvres, se raidit, un coup d'œil à l'intérieur lui arrache une grimace d'aversion. Hormis le rouge criard du distributeur de boissons, aucune couleur n'égaie les lieux. Sous un éclairage trop faible, quatre rangées de bancs métalliques font face à un large bureau d'accueil derrière lequel s'activent trois agents en uniforme.

— J'ai rendez-vous. Je suis madame Delponte.

Immédiatement averti, Guillaume vient la chercher et la guide au premier étage où Éric et Stéphane attendent dans le local des auditions, l'un assis à une table centrale, l'autre dans un coin, derrière un ordinateur.

Guillaume s'adresse à la veuve en même temps qu'il s'installe à côté d'Éric :

— Asseyez-vous.

Elle ne pose que le bout de ses fesses sur la chaise, par peur de se salir.

— Merci.

Il tire vers lui une grosse chemise rouge marquée *J.-P. Delponte*. Sans lever les yeux, il entre dans le vif du sujet :

— Je vous ai convoquée pour vous donner l'opportunité de compléter votre témoignage. Je veux parler des déclarations que vous avez faites hier matin au capitaine Levasseur.

— Je n'ai rien à ajouter.

— Vraiment ?…

Le policier lève la tête d'un coup et plante une banderille :

— Un témoin vous a vu quitter votre domicile le soir du meurtre peu après 20 heures, alors que vous avez affirmé être restée chez vous.

Marie-Hélène Delponte accuse le coup, puis se ressaisit :

— J'ai dû me rendre chez un ami, Monsieur Ferreira. Il habite au-dessus du parc Xéraco, à Bruguières. Vous pouvez vérifier. Nous avons échangé quelques mots avec ses voisins, des éco-los fondamentalistes. Malgré l'heure tardive, ils sont venus nous parler de maltraitance animale, ils nous ont saoulés avec une pétition. Vous vou-lez leur nom ?

Elle n'est pas déstabilisée, Guillaume se raidit. Il passe un coup de fil pour ordonner à un agent de vérifier sur-le-champ l'alibi de la veuve.

— Nous n'aurons pas longtemps à attendre…

Alors qu'elle était restée maîtresse d'elle-même jusque-là, contre toute attente, Marie-Hélène Del-ponte explose :

— Vous savez à qui vous parlez, lieutenant ? Je connais le préfet personnellement. Je ne manquerai pas de lui rapporter vos manières. Mon mari a été assassiné et vous me convoquez pour un simple oubli ? Vous me faites perdre mon temps pour vérifier si j'ai dit la vérité ? Vous me traitez de menteuse ? De meurtrière ? Comment osez-vous ?!

— S'il vous plaît, Madame, gardez votre calme, s'excuse le lieutenant, une main levée devant lui. Je fais juste mon travail.

— Eh bien vous le faites très mal ! Vous n'avez pas une once de discernement !

Puis elle se redresse, s'appuie sur le bureau et menace :

— Vous allez entendre parler de moi, lieutenant, je vous le promets !

Avec des mouvements empressés qui mettent à mal le contenu de son sac à main, elle sort son portable. Le rouge de la colère aux joues, elle en déroule la liste de ses contacts. Ayant trouvé celui de son avocat, elle brandit le téléphone sous le nez de Guillaume, comme une menace muette.

Le policier se réfugie dans un silence gêné, Delponte porte l'estocade :

— Je vais quitter ce trou à rats tout de suite. Si

vous voulez m'en empêcher, vous devrez me mettre les menottes.

En l'absence de réaction du policier, elle range son portable, lui lance un dernier regard mauvais et tourne les talons.

Éric est surnommé Rikou. Il a les yeux plissés, ce qui lui donne l'air d'être toujours en train de plaisanter. Sa façon de se tenir droit, les épaules légèrement en arrière, et son sourire franc au-dessus d'un menton carré, clament constamment qu'il est un homme du Sud-Ouest, taillé pour le rugby. D'ailleurs il a joué troisième ligne.

Silencieux jusque-là, Rikou se marre tout à coup :

— Très impressionnant, Guillaume…

Chapitre IX

Mardi 20 novembre

Levasseur a besoin d'air et d'une cigarette. La pensée d'assister à un spectacle avec Séverine lui met du baume au cœur. Depuis le décès de son épouse, il n'avait encore jamais ressenti l'envie de partager une soirée… En attendant l'heure, une petite balade au bord du canal du midi lui permet de vider complètement sa tête des éléments de l'enquête… Il n'a pas parcouru cent mètres que son portable vibre.

— Capitaine Levasseur ?

— C'est moi.

— Paul Orchini, des *Stups*. Tu es dispo pour qu'on discute ?

— Un problème *stup* qui me concerne ?

— Je préfère te parler en face plutôt qu'au téléphone.

Levasseur accuse le coup, l'affaire doit être grave.

— On se rejoint au Central ? J'en sors, je peux y retourner.

— Non. Plutôt au Scortino, sur le boulevard Carnot. Tu vois ?

Levasseur connaît la plupart des bistrots du centre, et celui-là est proche de l'appartement des Delponte.

— Oui. À tout de suite.

— Je suis seul à une table du fond.

Levasseur jure entre ses dents et se dirige d'un pas rapide vers la passerelle qui enjambe le canal.

Le Scortino est une sorte de taverne tout en longueur au rez-de-chaussée d'un immeuble. Quelques appliques éclairent faiblement des banquettes de skaï rouge. Associées à l'antique juke-box, elles donnent l'impression d'un saut dans le XXe siècle.

Bruno se faufile au milieu des conversations et d'un standard de jazz qui couvre mal le son de la télé accrochée au mur du fond. En dessous, face à l'entrée, Paul Orchini porte un cuir noir. Peau mate et carrure de catcheur… l'homme ne lui est pas inconnu mais il n'arrive pas à le resituer.

— Salut Bruno. Assieds-toi. On s'est croisés pendant un stage, à Paris, il y a cinq ans. Tu te rappelles ?

— … Pas vraiment…

— La bagarre, le dernier soir, au bar… Je voulais casser la gueule de l'instructeur, tu m'as retenu…

Bruno se souvient vaguement. Mais il est rongé de curiosité et d'impatience. Il esquisse un sourire gêné et interroge Orchini en levant le menton et les sourcils.

— Y'a pas à tortiller : tu as sauvé ma carrière…

Avisant son verre de bière à moitié vide, il agite deux doigts en direction du garçon, qui acquiesce.

— Pas pour moi, interrompt Bruno. Jamais d'alcool. Un Perrier, si tu veux.

Orchini corrige la commande puis se cale contre le dossier de la banquette.

— On a serré ta fille, ce matin, en gare de Carcassonne.

Il laisse à Levasseur le temps d'encaisser.

— … Qu'est-ce qu'elle a fait ?

— Elle fréquente pas les bonnes personnes.

Le garçon l'interrompt pendant sept secondes en posant les consommations.

Le front plissé, Orchini reprend :

— On surveille un petit dealer, depuis quelques semaines, dans l'espoir de ferrer un plus gros poisson. Tu connais la partoche. Ce matin, il a quitté

Toulouse pour Carcassonne après avoir chargé ta fille. On les a filochés jusqu'au parking de la gare. Ta gosse est entrée la première dans le hall, elle est allée direct aux toilettes. Le petit con l'a suivie deux minutes plus tard, il a posé son cul sur une chaise de l'*espace attente*. Ils ont fait mine de pas se connaître quand elle est ressortie. Elle avait l'air paumée, terrorisée… Et un train entrait en gare. On a pas voulu prendre de risques : on les a interpellés. Le mec avait deux sachets de MDA dans une poche, ta fille en avait coffré cinq autres.

Bruno saisit son verre, le porte à ses lèvres en tremblant, laisse Orchini poursuivre à contrecœur.

— Méthylène-Dioxy-Amphétamine. *Love-pill*… Cette merde se vendra bientôt mieux que la cocaïne.

— Putain, ma fille *deale*…

— Non, c'est juste une mule. Une victime plus qu'autre chose.

— Nourrice, peut-être ?

— Elle a carrément pas le profil. Mais puisqu'elle habite chez toi, rien ne t'empêche de passer un coup de peigne dans l'appartement pour vérifier si tu trouves du stock. Planquer du matos chez un flic, ce serait goûtu… Je reviens à ce matin : on les a serrés en deux temps, d'abord Florian, le petit con.

Il nous a pas vus choper Sophie, il croit qu'elle a réussi à s'en tirer. On l'a pas détrompé, il pense donc qu'on ignore son existence, il est tranquille de ce côté-là. À tort : libérée de sa peur de Florian, elle nous a raconté le peu qu'elle savait pendant sa garde à vue.

— Elle est où, en ce moment ?

Orchini avance la main en signe d'apaisement.

— Je voulais la déposer chez toi en rentrant de Carcassonne, mais elle m'a demandé de l'amener chez une copine le temps de se remettre. Y'avait pas vraiment de raison que je refuse. Bref : elle est chez Céline et Olivier, tu connais ? Il paraît que leur petit Gustave de 7 ans joue aux échecs comme un dieu. Quelques parties lui videront la tête.

— Ouais…

Levasseur a l'impression de pouvoir à nouveau respirer, il tire une cigarette de son paquet et parvient in extremis à ne pas l'allumer. Orchini s'autorise un sourire en coin :

— Je suis distrait. Des fois, j'oublie de faire signer les dépositions. Après, c'est trop tard : pas de trace, donc pas de suite judiciaire…

Levasseur ferme les yeux, mâchouille un peu le filtre, lâche un énorme soupir de soulagement.

— Merci.

— Normal… Faut que tu saches que j'ai menti à Sophie. Je lui ai dit que c'était à elle de t'affranchir, pas à moi. Je lui ai laissé deux jours pour se mettre à table. Je crois que c'est pour ça qu'elle a voulu aller chez sa copine : pour réfléchir avec elle à une façon de te raconter l'histoire qui fera pas trop de dégâts.

— Ouais, je verrais bien si elle essaie d'enjoliver tout ça. Merci encore.

— Je te devais bien ça. Prends ma carte. Si besoin, n'hésite pas. Maintenant, excuse-moi, il faut que j'y aille.

Orchini se lève et dépose un billet sur la table. Il tend la main au capitaine et s'apprête à prononcer un dernier mot de réconfort… Mais il ne dit rien et se dirige vers la sortie sans se retourner. Il a compris que Bruno ne l'écoutait plus.

Levasseur quitte le bar à son tour, allume enfin sa cigarette qui laisse un goût de poussière dans sa bouche. La nuit a étendu son manteau sur le boulevard, obligeant les automobilistes à allumer leurs feux et les piétons à relever leurs cols. *Sophie, ma chérie… Ma petite fille…* Il marche au hasard, perdu dans des idées tristes : depuis quelque temps, son comportement a changé. Elle rentre à des heures impossibles, elle se saoule, s'énerve pour un rien… *C'est plus ma petite Sophie. Depuis la mort de sa mère, elle part à la dérive.*

Sans qu'il s'en rende compte, ses pas l'ont conduit face à l'appartement de la veuve Delponte, juste de l'autre côté du boulevard. Il est gelé. Il resserre le col de sa pelure… Et une silhouette sort de l'immeuble. Elle jette un regard à gauche et à droite, puis s'immobilise et le fixe. À travers le crachin qui commence à tomber, Levasseur distingue une femme couverte d'un foulard. Annelise, la gouvernante. D'habitude, elle termine son service à 16 heures. Pourquoi est-elle ici maintenant ? Et pourquoi a-t-il cette impression ridicule qu'elle le dévisage ?

Il hausse les épaules. Elle fait bien ce qu'elle veut, après tout… Et puis son portable vibre et c'est mille fois plus important : un texto de Sophie. *Je rentrerai pas ce soir, je vais passer quelques jours chez Céline. À bientôt mon papa. Je t'aime.*

Il en pleurerait… Il se demande si sa soirée avec Séverine sera aussi agréable qu'il se l'est imaginé. Il a juste le temps de passer la prendre…

Chapitre X

Mardi 20 novembre

Séverine lutte contre l'envie de coller son épaule contre celle de Bruno. Elle le sent proche mais crispé, anxieux malgré la qualité du spectacle.

Il profite d'une pause entre deux scènes pour se tourner vers elle.

— Tu avais déjà assisté à un ballet ?

Séverine lui retourne un sourire radieux. La musique a effleuré sa peau comme une caresse langoureuse, les costumes et les décors ont illuminé ses yeux.

— C'est la première fois.

Unique échange entre eux. Bruno est ailleurs, il fixe la scène sans la voir. Les problèmes de Sophie l'obsèdent... Il brille par son absence, tout est de sa faute... Il travaille constamment... Il assiste à un ballet au lieu d'écouter ce que sa fille a à lui dire... Pourtant, depuis quatre ans, il ne sort presque plus. Juste ce soir. Ce soir, il a ressenti l'envie de réparer sa vie. Pour la première fois, un sentiment oublié a timidement allumé ses lucioles...

Sans quitter le spectacle des yeux, Séverine tente un rapprochement, avance sa main vers la sienne, la frôle... puis la ramène à sa place. *Il est sûrement encore blessé. Trop d'empressement pourrait nuire.*

Anna Karenine se termine, le public laisse exploser sa joie. Bruno se tourne vers Séverine, plus en beauté que jamais dans sa robe de soirée noire rehaussée d'un collier de perles.

— Tu as aimé ?

— J'ai adoré. La prochaine fois, c'est moi qui t'invite.

Sur le parking, les plus courageux bravent le froid pour échanger un dernier mot avec des amis. Les autres se ruent vers leurs véhicules. Bruno accélère le pas, prend Séverine par le bras. Elle se dégage doucement pour attraper sa main. Alors qu'il est sur le point de la retirer pour ouvrir la portière, elle le retient :

— Laisse-la où elle est, tu veux ?

— OK, je ne l'enlèverai que lorsque tu m'y obligeras.

— J'accepte que tu la récupères seulement si tu prends le volant pour nous conduire chez moi.

L'appartement de Séverine lui ressemble. Sobre et moderne. Réchauffé par deux masques africains ramenés d'un voyage au Kenya. Bruno s'assied sur le canapé. Sans un mot, Séverine se plante devant lui et fait glisser sa robe. Soutien-gorge, collier de perles et bracelet d'argent. Elle quitte le salon pour gagner sa chambre.

— Rejoins-moi pour enlever ce qui reste, mon capitaine.

Bruno est aux anges… jusqu'à ce que l'ombre d'Olivia l'obscurcisse. Une boule se forme dans son estomac… et la sonnerie de son portable le fait sursauter. Guillaume. 23 heures. *Pas moyen*...

— Oui, Guillaume, un problème ?

— Désolé d'appeler si tard, Patron, mais j'essaie de te joindre depuis un bon moment.

— J'avais mis le mode avion.

— C'est ce que je me suis dit. J'ai dû relâcher la veuve. On a vérifié son alibi, elle était effectivement chez Ferreira. Celui-là, Arnaud a commencé à le surveiller ce soir, comme tu l'as demandé, et RAS pour le moment. Qu'est-ce que je fais, maintenant ?

— Rentrer chez toi, manger et dormir, ça te tente pas ?

— Mais t'as dit qu'il fallait pas compter ses heures…

— Ça va, je déconne. Bouge pas, j'arrive.

Séverine n'a rien manqué de l'échange. Elle se lève et enfile un peignoir en éponge qu'elle serre d'un geste énergique autour de la taille. Pas besoin d'explications, inutile d'afficher sa déconvenue. Autant demeurer stoïque.

Levasseur ramasse sa pelure et embrasse Séverine du bout des lèvres avant de s'éclipser. Secrètement soulagé : le fantôme d'Olivia est encore présent…

Chapitre XI

Mercredi 21 novembre

Séverine et Wilfried parcourent une ruelle derrière la cathédrale Saint-Étienne. Le plus vieux quartier de la ville est agréable, encore peu fréquenté à 10 heures du matin. Une arcade en pierres de taille ouvre sur une petite cour pavée où se balance une bannière de tôle accrochée aux chaînes d'une potence en fer forgé. On peut y lire : *L'Harmonie*. Séverine avance prudemment. *Avec mes talons, je risque de me fouler une cheville entre ces foutus pavés. J'aurais été plus inspirée de mettre des mocassins.* D'épais panneaux de verre ont été encastrés dans la façade de pierre, ils laissent pénétrer un grand flot de lumière naturelle dans la galerie. Les deux policiers passent la porte, Wilfried siffle entre ses dents et chuchote :

— Elle a de la gueule, la boutique.

Séverine le tance et les présente :

— Bonjour. Lieutenants Lambert et Cazalbou, du SRPJ. Vous êtes Florence Delponte ?

La jeune femme, brune aux cheveux ras, s'inquiète :

— Vous venez m'annoncer une autre mauvaise nouvelle ?

— Juste quelques questions de routine.

Murs blancs, meubles bruns et huiles sur toiles. L'atmosphère est chargée d'histoire et de cire d'abeille. Florence Delponte tend le bras pour désigner deux canapés *Empire* qui se font face, sans proposer de café. La lieutenante apprécie néanmoins le personnage aux yeux vifs qui laissent supposer une grande richesse intérieure.

Wilfried lance la première question sans sommation :

— Où étiez-vous, dimanche, de 19 heures à minuit ?

— Ici, pour un vernissage, avec le tout Toulouse. Donnez-moi votre carte, je vous enverrai la liste des invités par mail.

Wilfried s'apprête à enchaîner, mais Séverine le devance en lui jetant un regard explicite : *c'est moi qui mène l'interrogatoire.*

— Pouvez-vous nous parler de vos relations avec votre père ?

La réponse tombe. Distante, froide :

— Je l'ai peu connu. Son travail l'intéressait plus que sa famille. Quand j'étais au lycée, il rentrait après que je me sois endormie. Le matin, il était parti avant mon réveil. J'ai l'impression de ne pas l'avoir vu, toutes ces années. Un étranger…

— Vous n'étiez pas en bons termes avec lui, donc.

— Ni bons ni mauvais, ni avec lui ni avec ma mère.

— Une raison particulière à cette indifférence ?

— Des tas… Les plans qu'ils avaient faits pour moi, notamment. Je me suis mariée avec Laurent, je veux dire le docteur Ségala, sous la pression de mon père. Il tenait à ce que j'épouse un homme qui lui ressemble… Évidemment, ça n'a pas marché entre nous. Je crois qu'inconsciemment, Laurent m'a toujours reproché sa rupture avec Maria Dolores, sa compagne de l'époque. Pourtant je n'y étais pour rien… C'est lui seul qui a décidé de la quitter, lui qui l'a sacrifiée à son ambition.

— Vous connaissez le nom de cette Maria-Dolores ?

— … Villalonga, si ma mémoire est bonne. Je crois qu'elle a beaucoup souffert de la séparation… Laurent m'a raconté qu'elle s'était mariée peu après et qu'elle avait eu un enfant… Elle avait quitté la métropole pour un département ultramarin, des années plus tard. En m'expliquant à quel point elle était éloignée, sentimentalement comme géographiquement, je pense qu'il espérait me prouver que je n'avais pas de raisons d'être jalouse… Mais, déjà à l'époque, je n'en avais plus rien à faire… Laurent a beaucoup souffert, lui aussi, même s'il ne l'a jamais montré… C'était une période tourmentée… Il y a eu…

Les policiers ne bronchent pas, laissent Florence Delponte aller lentement au bout de sa pensée.

— … Et puis il y a eu cette affaire, à Marseille… Mon père a été accusé de négligence. Des choses horribles ont été dites sur lui. Je n'y ai jamais prêté foi… d'ailleurs il a été blanchi.

— Marseille ?

— On y vivait, à l'époque. C'est à cause des calomnies qu'il a subies là-bas qu'on s'est installés à Toulouse.

— … Parlez-nous de votre mère.

— La seule chose qui l'ait jamais intéressée, c'est

l'argent. Elle menait mon père par le bout du nez.

— Elle nous a affirmé que votre père comptait prendre sa retraite loin d'elle, dans les Caraïbes…

— Ça m'étonne pas. Elle est très casanière et se préfère en ville, au milieu des boutiques toulousaines, plutôt que sur la plage privée d'un hôtel, même de luxe. Outre mon père, elle se fait entretenir par Sébastien Ferreira, un ami de la famille…

L'antiquaire se lève, va à la porte et retourne le panneau *fermé* pour qu'il soit lisible de l'extérieur. Lorsqu'elle retrouve son fauteuil, elle semble plus sereine.

— Puisque vous menez l'enquête, vous devez tout savoir… J'ai un demi-frère. J'ignore qui il est et où il se trouve. Mon père m'a avoué son existence à demi-mot, quand j'étais ado. J'étais trop jeune, trop fragile pour encaisser ce qui m'est apparu comme une trahison… Je n'ai pas voulu comprendre… Sachez que je ne suis ni jalouse ni contrariée par ses droits sur l'héritage. J'espère que notre père a pensé aussi à son avenir. Sinon j'embaucherai un mandataire successoral pour le retrouver.

Séverine jette un regard interrogatif à Wilfried qui acquiesce d'un battement de cils. Elle décide de conclure l'entretien en essayant d'éclairer la situation financière de l'héritière.

— Votre galerie est bien placée. Je suppose que vos affaires marchent.

— Je n'ai pas à me plaindre. Les touristes vont revenir avec le soleil. Certains, surtout les Américains, sont incultes mais riches. Acheter des tableaux sur le vieux continent les flatte…

Une demi-heure a suffi à Séverine pour écarter l'hypothèse de la culpabilité de Florence. Pas de difficultés économiques, désintérêt familial et alibi solide. Florence Delponte est classée *hors de cause* quand le portable de Séverine sonne. C'est Levasseur.

Chapitre XII

Mercredi 21 novembre

Dans le hall du commissariat, Marie-Hélène Delponte trépigne. Si les flics faisaient bien leur boulot, elle ne serait pas là à perdre son temps…

— Madame Delponte, par ici je vous prie.

Ce matin, le capitaine ne porte pas de cravate et, sans son chapeau, il paraît plus vieux de dix ans.

— Vous m'avez laissé votre carte…

Levasseur approuve de la tête. Marie-Hélène Delponte a insisté pour ne parler qu'à lui, alors il la conduit dans son bureau accompagné de Rikou pour taper sa déposition.

— Je viens porter plainte. Mon appartement a été dévasté hier au soir, entre le moment où je suis sortie pour me rendre ici, suite à la convocation de votre collègue – vers 17 heures –, et le moment où je suis rentrée, vers 21 heures. En quittant le commissariat, j'ai décidé de marcher un peu. Je me suis dirigée vers le centre-ville et j'ai grignoté dans un petit bistrot. Ensuite, je suis rentrée chez moi. Dès que j'ai posé la main sur la poignée, j'ai compris que la porte avait été forcée. À l'intérieur, le désastre était total. C'est la première fois que…

La voix de Marie-Hélène Delponte se brise et le souvenir d'Annelise, la gouvernante, qu'il pense avoir aperçue la veille, revient à l'esprit de Levasseur. Il n'en parle pas à la veuve mais se promet de creuser le sujet.

— Une équipe va inspecter votre appartement. Nous allons tout mettre en œuvre pour retrouver l'auteur de ces dégradations. Des biens vous ont-ils été dérobés ?

— Je ne crois pas… Mais je vérifierai à tête reposée.

Levasseur passe un coup de fil à Séverine pour lui demander, au cas où elle aurait fini avec Florence Delponte, d'aller visiter les lieux avec Wilfried… En raccrochant, il n'écoute plus la veuve que d'une oreille, acquiesce sans conviction à ses jérémiades. Comment a-t-il pu détaler hier soir ? Qu'est-ce qu'il lui a pris, tout d'un coup ? Il s'extrait de sa chaise, tend le bras vers le radiateur et pose la main sur la fonte froide. Ses pensées coulent vers Séverine. *Tu es un âne, Bruno. Tu as cette fille dans la peau, rends-toi à l'*évidence...

— Pas étonnant qu'on gèle, ici, constate-t-il à voix haute.

Hochement de tête silencieux de Marie-Hélène Delponte.

— Remarquez, l'été c'est pire. Les briques nous renvoient la chaleur et les vitres agissent comme des loupes. Les locaux ne sont pas climatisés et se transforment en fournaise. Mais pardon… vous disiez ?…

— Je disais qu'hier après-midi, ma gouvernante s'est rendue au chevet de son fils, à Castres. J'ai cru comprendre qu'il avait subi une légère intervention. Avant de partir, elle m'a signalé la défaillance de l'alarme. Elle a contacté un professionnel pour qu'il vienne la réparer, mais il n'était pas disponible tout de suite. Mon appartement se trouvait donc sans protection. La convocation de votre collègue ne m'a pas porté chance…

Levasseur comprend le sous-entendu : elle lui reproche de n'avoir pas mis son logement sous surveillance. Il renonce à lui expliquer le manque de personnel et de moyens. *Quand l'État supprime des fonctionnaires, elle est peut-être la première à applaudir*, songe-t-il en admirant sa tenue impeccable tandis qu'à nouveau son esprit se dérobe : *pourvu que Séverine me pardonne... Je réserve au Grand Balcon pour ce soir. Avec un peu de chance, elle acceptera et le directeur de l'hôtel nous invitera à visiter la chambre de Saint-Exupéry.* Une furieuse envie d'en griller une lui tord les tripes. En arrivant cette nuit, il a oublié son paquet dans la voiture. Il s'est dit que ça tombait bien, que c'était une sorte de signe du destin... Maintenant il occupe ses doigts avec un crayon, retrouve avec peine le fil de la conversation que la veuve prolixe entretient seule, sans remarquer son manque d'intérêt.

— ... on vient réparer l'alarme et changer les serrures aujourd'hui même, à 14 heures. Je ne sais pas si je dormirai chez moi ce soir, je vais aviser. Mais demain, si !

— Les délinquants ne se manifestent que très rarement une deuxième fois au même endroit. Quand l'alarme sera réparée et que votre gouvernante aura repris le travail, les choses retrouveront le calme.

— Oh, Annelise, vous savez...

Levasseur s'immobilise tel un chien d'arrêt, Marie-Hélène Delponte pince ses lèvres… puis se lâche :

— Annelise est une garce. Jusqu'à présent elle a sauvé sa place grâce à la protection de mon défunt mari – je préfère ne pas savoir pourquoi –, mais, dorénavant, ses jours à mon service sont comptés.

— Pourquoi êtes-vous en conflit ?

La veuve esquisse un sourire narquois.

— Elle travaille pour nous depuis des années et a fini par s'imaginer qu'elle y est chez elle. C'est ma première et unique employée de maison. Au début tout était parfait, mais petit à petit elle a pris ses aises. Aujourd'hui elle se donne des airs de patronne et rechigne parfois à la tâche. Elle doit s'estimer indispensable, intouchable, et croire que gouvernante et gouverneur sont synonymes. Or, dans ma maison, c'est moi qui commande. Seule… Ne vous fiez pas à ses airs candides.

Levasseur demande à Rikou d'imprimer la déposition et à la veuve de la signer.

— Je vous tiens au courant de l'avancée de l'enquête. Et si de votre côté vous avez du nouveau, naturellement, n'hésitez pas à reprendre contact.

Levasseur raccompagne sa visiteuse, puis prend

un temps de réflexion en allant chercher ses clopes dans la voiture. Une nouvelle journée démarre sous la grisaille de novembre, juste éclairée par une petite lumière qui clignote du côté de la gouvernante… En allumant une cigarette, il appelle Séverine pour lui proposer de dîner au Grand Balcon.

Chapitre XIII

Mercredi 21 novembre

Nadia Fraisse éteint son ordinateur, finit de ranger ses affaires. Elle resserre l'élastique de sa queue-de-cheval, jette un regard à sa montre et s'adresse à Audrey :

— À demain, ma chérie.

À trente ans juste passés, les deux femmes sont restées très jeunes. Audrey, plus rondelette et à peine plus petite que Nadia, la regarde avec une pointe d'envie. Silhouette élégante, port de tête aristocratique et gestes assurés. Pas étonnant que les hommes se retournent sur elle.

— Tu vas retrouver Laurent ?

Depuis que le docteur Ségala a divorcé, Nadia Fraisse et lui ne se cachent plus beaucoup.

— Pas ce soir. Je dîne avec mon frère, il cuisine

le poulet au citron comme un dieu. Après je file au lit direct, je suis crevée.

— Je croyais que les gendarmes comme toi étaient des superhéroïnes insensibles à la fatigue.

— Ex-gendarme et actuelle secrétaire, ma chère, ça change tout. Il n'y a que la cuisine de mon exceptionnel frangin pour me faire encore tenir debout.

Le visage d'Audrey s'illumine.

— Un beau gosse, ton frère ! Bien balancé et sapé comme un prince. J'ai toujours eu un faible pour les types dans son genre, épaules et menton carrés. Dommage qu'il se rase le crâne... Mais bon, si un soir il décide de me faire un petit plat, je suis partante...

Nadia agite quatre doigts vers Audrey en guise d'au revoir et disparaît.

***

En plein centre-ville, la spacieuse demeure de plain-pied, ceinte d'une clôture de galets intercalés dans des rangées de briques rouges, dispose d'une vaste cour. La nuit donne au lieu l'apparence d'un vieux cimetière. Dans le fond, près d'un tilleul centenaire, les phares éclairent un espace couvert.

Laurent Ségala y gare son SUV.

Après avoir quitté le véhicule, il gravit péniblement les sept marches du perron. « Il ne me manquait plus qu'une cruralgie », peste-t-il à voix basse en se tenant la cuisse qui le fait souffrir. Avant de pousser la porte d'entrée, il jette un œil au-delà du mur de clôture. Les toitures se fondent dans la voûte ténébreuse. La ville embrase ses lampadaires, les restaurants vont entamer le service du soir… Le médecin adore Toulouse. Ses ruelles jalonnées de bistrots autour des places Esquirol et du Capitole, son fleuve, ses quais et les briques rouges des façades le fascinent. Quelques secondes rêveuses… Puis il stoppe sa contemplation et franchit le seuil de sa villa.

Laurent Ségala vit seul et la décoration n'est pas son fort. Florence, son ex-compagne, agrémentait la maison de tableaux, bibelots et autres tables basses en bois précieux. Depuis qu'elle a repris son indépendance et une partie du mobilier, les rares objets qui subsistent ici ont l'air de s'être endormis… Un apéritif, léger à cause des médicaments, ne lui fera pas de mal.

Les cubes de glace tournent au fond de son verre. Il trempe ses lèvres dans l'alcool et s'installe sur le canapé pour ouvrir son courrier. Une facture, beaucoup de flyers et des catalogues. Par habitude, il allume le téléviseur et choisit une chaîne d'info en continu. Les journalistes parlent d'un mouvement de grève qui s'apprête à paralyser le pays.

À la lumière de sa lampe de chevet, il ouvre *Le secret*, un conte philosophique de Frédéric Lenoir. La fatigue le gagne alors qu'il entame le deuxième chapitre, sa tête plonge involontairement vers l'avant… Puis un bruit le réveille soudain. Il tend l'oreille… sans doute un camion sur l'avenue ou une moto qui pétarade. Sa montre indique 22 h 30… Une agitation insolite, plus sourde cette fois, attire à nouveau son attention. Plus près, plus distincte, plus inquiétante. Comme un coup de poing sur une cloison. Laurent Ségala se fige. Un courant d'air furtif traverse la pièce. Puis une porte claque. Il se lève, les sens aux aguets, se dirige vers le couloir puis revient sur ses pas. Il n'est pas seul dans la maison. Son inquiétude grandit, se change en angoisse. La bouche sèche, il appelle : « Il y a quelqu'un ? » Il devrait s'enfuir. Mais prendre ses jambes à son cou avec une cruralgie… Il cherche ce qui pourrait l'aider à se défendre. Seule la bouteille de Martini, sur la table basse, lui semble convenir. Il s'en empare, vérifie que le bouchon est bien vissé, serre sa massue improvisée par le col et retourne dans le couloir. Son téléphone et ses clés sont restés sur la console où il les a abandonnés en entrant. Trop loin. Mieux vaut gagner la sortie sans détour. Un frisson dans le cou le fait regarder par-dessus son épaule. Rien. Personne. Il avance à petits pas, la bouteille levée. Sa voix perd de sa vigueur, mais appelle encore : « Ho, il y a quelqu'un ? » La porte d'entrée est à portée de main, il pousse la poignée et entend trop tard des pas dans son dos. Il n'a pas le temps de se retourner, à peine celui de se protéger. Une matraque s'abat sur son épaule. Il se cramponne en vain au guéridon, hurle en tombant à genoux sur le carrelage. Il tente de se relever, s'appuie sur un coude mais un second coup atteint son crâne. L'agresseur enjambe son corps, s'empare du contenu d'une coupelle posée sur la console, revient sur ses pas. Laurent Ségala, dans un sursaut de volonté, mobilise le reste de son énergie pour se relever. Il titube en rebroussant chemin vers le séjour. Il essuie le sang qui suinte de son cuir chevelu et qui l'aveugle à demi. Il atteint la table basse, fouille le plateau posé dessus, trouve la télécommande de l'alarme qu'il actionne avant de s'effondrer. La sirène hurle à réveiller le quartier.

Chapitre XIV

Mercredi 21 novembre

Levasseur a passé l'après-midi à dormir sur le lit de camp de son bureau pour récupérer de sa nuit blanche. Il n'a pas appelé Sophie, il veut la laisser choisir le moment de ses aveux et la façon de les formuler. Elle ne lui a pas téléphoné non plus. Elle ne doit pas se sentir prête… Cette histoire le hante, il espère s'en débarrasser au plus vite. Seule satisfaction de la journée : Séverine a accepté son invitation au restaurant. Il imagine la soirée et la nuit qui s'annoncent… de quoi rendre tous ses droits à la vie. Son cœur se réchauffe tandis qu'il finit de se préparer dans les douches du commissariat.

Après avoir visité la chambre de Saint-Exupéry, foulé ses lames de parquet classées par l'Unesco et admiré le fer forgé de l'ascenseur d'origine, Séverine et Levasseur s'installent au restaurant. Une des meilleures tables de la ville et deux cœurs à prendre habités de sentiments brûlants… La soirée ne peut être que délicieusement romantique… Mais Bruno est tracassé, il a besoin d'y voir clair. Après les entrées, il revient sur l'affaire :

— La veuve a caché sa relation avec Ferreira et feint d'ignorer l'existence de l'assurance-vie. Elle mène la course en tête dans le peloton des suspects.

Séverine goûte le vin, l'apprécie, remarque à nouveau que Bruno est obsessionnel et féru d'eau gazeuse, puis se rend compte que ça ne la dérange pas : elle pense à l'enquête elle aussi.

— Son alibi est solide : les voisins écolos les ont vus chez Ferreira.

— Je sais…

— J'ai l'impression que tu ne me dis pas tout.

Bruno acquiesce en s'étonnant de la facilité avec laquelle Séverine lit ses pensées.

— L'homme de Vitruve me chiffonne. C'est forcément une pièce importante et Arnaud n'a rien trouvé de probant.

— Avec la vengeance, la jalousie est un mobile probable, on en est convenu. La médaille a peut-être été simplement déposée par un mari cocu devenu assez fou pour aller jusqu'au meurtre ?

Bruno découpe un morceau de poisson, le porte délicatement à la bouche et s'essuie les lèvres avant de les tremper dans son verre. Séverine l'imite avec l'excellent Viognier recommandé par le sommelier. Le capitaine insiste :

— Tu m'ôteras pas de l'idée que la veuve est pas claire. Son mari est assassiné au moment où il envisage une retraite au soleil. Elle hérite de la moitié de sa fortune et touche deux millions d'assurance-vie. Les Caraïbes, maintenant, c'est pour elle et son amant… Mais je ne lui vois pas de lien avec ce foutu médaillon. J'en suis malade… Un peu de vin ?

Sans attendre la réponse, il remplit le verre de Séverine et replonge la bouteille dans le seau à glace. Le repas, succulent, se poursuit sans plus évoquer l'enquête.

Lorsqu'ils quittent leur table pour regagner le domicile de Séverine, la nuit est déjà bien avancée. Rue du Taur, une bande de poivrots, canettes de bière à la main et verbe haut, cherche querelle à un groupe de jeunes qui préfère détaler. La bagarre est évitée de justesse, Séverine se blottit contre son compagnon.

Une fois chez elle, Bruno, tel un habitué des lieux, accroche son chapeau dans l'entrée, toujours à la même patère, désormais dédiée. Séverine approche, l'embrasse dans le cou. Bruno l'attrape par la taille, la soulève sans effort et la dépose sur le lit d'où elle s'échappe en riant.

— Je ne tiens pas à froisser ma jupe neuve !

Bruno ôte ses vêtements, s'allonge, patiente en regardant le rai de lumière qu'elle a laissé couler par la porte entrouverte… et reste bouche bée lorsqu'elle réapparaît. À contre-jour, le déshabillé ne cache rien de ses formes. Il la dévore des yeux.

— Je brûle.

Elle approche, il emprisonne ses hanches d'une main et de l'autre caresse l'intérieur de ses cuisses…

Bruno se lève le premier. Debout face à la baie vitrée, il observe la rue qui s'éveille. Des silhouettes emmitouflées, cache-nez et oreilles rougies, se hâtent vers leurs voitures. Certaines allongent le pas, d'autres courent pour combattre le froid qui les agresse. Leurs bouches laissent échapper des fumerolles… Soudain le policier se trouble. D'abord flous, puis distincts, les traits de Sophie s'imposent à son esprit. Elle le fixe sans ciller, le regard vide, et articule des mots qu'il n'entend pas.

Séverine se réveille enfin et s'inquiète de le voir immobile, silencieux et songeur. Elle se lève, se colle dans son dos et l'enserre de ses bras.

— Quelque chose te chagrine ?

Il baisse les yeux, parle bas, avoue ses craintes, son sentiment d'impuissance face à un rôle de père qu'il a conscience de mal assumer.

— Peut-être ai-je manqué d'attention envers Sophie ? Elle n'a plus sa mère et moi je la délaisse pour un boulot… qui me mine, au bout du compte.

— Je m'entends bien avec Sophie… Je suggère un week-end à la montagne, tous les trois. Tu nous apporteras le petit-déjeuner au lit. Je suis sûre qu'elle appréciera autant que moi. En attendant, viens prendre ton café.

Chapitre XV

Mercredi 21 novembre, 21 heures

La départementale se déroule dans une nuit si noire que les phares de la berline la percent avec difficulté. À la radio, un journaliste commente les derniers événements : la situation sociale se dégrade et le gouvernement peine à faire face. La violence s'invite dans les manifestations et l'épuisement des policiers, d'après leurs syndicats, n'arrange pas les choses.

Marie-Hélène Delponte lève le pied. Lundi, un capitaine mal fagoté a commencé à l'agacer. Heureusement, ce matin, il a su se montrer plus agréable. Quant au petit prétentieux d'hier après-midi… elle finira par régler ses comptes avec lui.

D'habitude, un quart d'heure lui suffit pour gagner Bruguières, au nord de la ville. Mais pas ce soir, à cause de la nuit d'encre et de la météo défavorable. Elle ne cesse de se remémorer son premier entretien avec Levasseur… *Vous pensez à une vie parallèle ? Vous aviez des dettes, des difficultés financières ? La clinique : une affaire de famille ?*

Elle arrive enfin. La voiture entame la côte à la sortie du village, elle prend sur la droite pour longer le parc municipal, puis ralentit et s'arrête devant la villa de Sébastien : une imposante ferme toulousaine en briques rouges décorées de treilles.

Marie-Hélène actionne un bip, le portail lui ouvre le passage. Encore une vingtaine de mètres sur les graviers de l'allée et elle écrase la pédale de frein avant de descendre en claquant la portière. À peine a-t-elle posé un pied sur le sol qu'elle se tord la cheville. *Merde, il ne manquerait que ça. Des chaussures à trois cents balles !*

Contrairement à ses craintes, le talon aiguille n'a pas cédé. À petits pas prudents, le sac collé sur la poitrine, elle progresse jusqu'à la porte qu'elle pousse d'un mouvement brusque, sans frapper. Une odeur de cuisine lui saute à la gorge. *Il devrait changer la hotte aspirante, ça pue la friture.*

Enfoncé dans un fauteuil, devant la télé, Sébastien sursaute. Son embonpoint l'oblige à pousser sur ses bras pour s'extraire de la mollesse du cuir. Il comprime sa robe de chambre imprimée de motifs fleuris autour de sa taille, puis rejoint sa maîtresse, inquiet.

— Que t'arrive-t-il ? Tu as l'air contrariée.

— C'est peu dire ! Lundi matin, presque aux aurores, une visite des plus désagréables, et hier une convocation avec un nouvel interrogatoire que je n'ai pas apprécié du tout.

Elle tourne vers lui ses yeux clairs pleins d'inquiétude et reprend son souffle. Dans son tissu à fleurs, son amant a l'air d'un rouleau de tapisserie.

— Tout ça en moins de trois jours. Mon instinct m'avertit que quelque chose ne tourne pas rond et que les flics vont nous causer des ennuis.

Sébastien lui ôte son manteau, le jette négligemment sur le dossier d'un fauteuil et la saisit par les épaules. Il la conduit sur le canapé et l'invite à s'asseoir avant d'éteindre le téléviseur.

— Calme-toi, ma chérie. Dis-moi exactement ce qui t'amène à cette heure.

Marie-Hélène Delponte lève un sourcil.

— Je te dérange ? Tu aurais préféré que je ne vienne pas ce soir ? grommelle-t-elle.

Ferreira se reprend.

— En aucune façon, tu le sais bien. Hum… Je me lève très tôt demain, j'allais juste terminer d'annoter un dossier… mais ça peut attendre. Je suis ravi de te voir.

Il l'embrasse du bout des lèvres, réajuste son peignoir de bain tandis qu'elle relate les faits.

— Le premier flic m'a posé des questions banales… Il n'écoutait pas vraiment mes réponses, il m'observait. Une vraie fouine… Il m'a parlé du coffre que Jean-Pierre a fait installer au bureau, il a voulu savoir s'il jouait aux courses, au casino, ou encore s'il menait une vie parallèle… mais sans s'attarder. Il m'a demandé où j'étais dimanche soir… Il essayait de lire dans mes pensées, de creuser dans ma tête.

Des deux mains, Sébastien lisse les cheveux blancs de ses tempes. Un geste séducteur qu'il n'a cessé de reproduire depuis son adolescence.

— Un *pure malt*, comme d'habitude ?

Elle s'arrête net, vexée qu'il l'interrompe. Elle a envie de le tancer, mais au lieu de ça elle s'entend répondre :

— Oui, une double dose, s'il te plaît.

Puis elle reprend son récit où elle l'avait laissé.

— Le deuxième était un imbécile qui s'imaginait

sorti de la cuisse de Jupiter. Il m'a parlé de toi.

— De la glace ?

— Jamais dans le *pure malt*, je te l'ai dit cent fois.

La pièce dégage une sensation d'opulence. Un luxe ostentatoire se niche dans chaque élément du décorum, où un style moderne se marie avec des pans entiers de murs bâtis selon la tradition toulousaine : briques rouges et galets. Sébastien y est parfaitement à l'aise, à sa place. Il la relance :

— Et qu'as-tu dit ?

— Au début, je leur ai raconté que dimanche soir je m'étais endormie devant un livre. Je pense à ma fille, même si on ne se fréquente plus. Je me voyais mal expliquer que j'avais passé la nuit chez mon amant. Puis j'ai dû changer mon fusil d'épaule et avouer où je me trouvais vraiment. Les flics ont vérifié, tes voisins ont confirmé.

Sébastien fronce les sourcils. Insensible aux préoccupations de sa maîtresse, la crainte perce dans sa voix lorsqu'il la saisit par le poignet.

— Ils tiennent une piste ? Ils t'ont dit ce qu'ils avaient déniché dans le coffre de Jean-Pierre ?

Les yeux de Marie-Hélène s'arrondissent tandis qu'elle se dégage, effrayée.

— Non, pourquoi ? Il contenait quoi ?

Il garde un instant le silence, jette d'instinct un coup d'œil à sa montre. D'un pas mesuré, il retourne se servir un whisky, évite d'en proposer un second à Marie-Hélène. Elle ne tient pas l'alcool et, de toute façon, elle n'a pas fini le premier. Il passe sa main sur son front, repoussant une mèche absente.

— Jean-Pierre gardait des comptes spéciaux, dans ce coffre. Tu sais que parfois je séjourne à Genève, pour mon boulot. De là je devais, selon ses exigences, me rendre à Zurich. Je prenais un train… S'il a laissé traîner quoi que ce soit à ce sujet, je ne donne pas cher de ma peau…

Marie-Hélène Delponte se cabre :

— De quoi tu parles ? Pourquoi ne m'as-tu jamais tenue au courant ?

Sébastien hésite, baisse la tête, tergiverse… puis se lance timidement.

— Jean-Pierre m'a beaucoup aidé pour acquérir la concession : le local, les premières charges… Je l'ai toujours remboursé en temps et en heure, mais je lui en ai gardé beaucoup de reconnaissance.

L'air s'électrise. Ferreira soutient mal le regard de sa maîtresse. Il se racle la gorge, tente de rester dans le flou.

— Je ne devrais pas t'en parler, mais…

Marie-Hélène s'impatiente, les joues de plus en plus empourprées.

— Alors ?

— Maintenant que Jean-Pierre est décédé, je suis libre de t'informer, balbutie-t-il. Mais c'est assez délicat, je…

— Va droit au but, tes tergiversations me hérissent !

Il tient son verre à deux mains, s'assied à côté de sa maîtresse, les coudes sur les genoux et se jette à l'eau. Soulagé.

— J'allais déposer du cash à Zurich sur deux comptes à numéro. De grosses sommes. J'y allais à peu près trois fois par an, mais jamais de façon régulière. Je ne savais même pas à quoi cela correspondait. Ce que je veux t'expliquer c'est que… en fait, ça ne me regardait pas.

Marie-Hélène ouvre des yeux pleins d'incompréhension.

— Et tu me l'apprends maintenant ? s'insurge-t-elle. Merci pour ta confiance.

— Pardon. J'avais juré que cela resterait entre lui et moi. J'allais juste placer de l'argent dans une banque, je te promets que c'est tout.

Marie-Hélène Delponte s'extirpe du divan, fait

quelques pas dans la pièce et regagne son siège, en apparence calmée.

— Bon ! Ce n'est peut-être pas si grave.

Sébastien s'éjecte de son fauteuil à son tour, dépose son verre sur la table basse.

— Tu n'y penses pas ! Si les flics trouvent des traces de ces versements, à coup sûr je suis fini. Ils se serviront des transactions comme mobile.

— Mobile de quoi ?

— Ils voudront me coller le meurtre sur le dos ! Il leur suffit d'inventer une histoire de trafic de devises ou quelque chose du genre, des intérêts divergents avec Jean-Pierre, des différends d'ordre privé si nécessaire, et le tour est joué.

Marie-Hélène secoue la tête et soupire.

— Tu exagères toujours. Si tous ceux qui convoient de l'argent à l'étranger tuaient leurs commanditaires, les prisons seraient depuis longtemps saturées. Déjà qu'elles manquent de place…

Un instant, les yeux de Sébastien s'immobilisent, fixent un point au-delà de la pièce. Il croise les doigts devant lui, comme pour prier.

— Je connais les flics. Ils se contenteront de peu pour me passer les menottes et m'envoyer en taule.

Un *Tos*[3] qui a réussi en partant de rien, ça les défrise. Si j'avais été carreleur, j'aurais eu leur sympathie. Mais là… Je suis foutu, Marie-Hélène.

Elle recule, cale son dos contre le dossier de la banquette, observe le fond de son verre, hésite à en réclamer un second, préfère renoncer. Elle le sait, l'alcool ne lui réussit pas. Le peu qu'elle vient d'absorber lui trouble déjà l'esprit au point qu'elle se retient de questionner Sébastien. Croit-il vraiment à ses conneries ? Il est sérieux, avec sa parano anti-Portugais ? Sa trouille serait-elle motivée par autre chose ?

— Tu ne me caches plus rien ?

Il comprend ce que masquent ces mots. Son corps se raidit. Piqué au vif, il hausse le ton.

— Tu me soupçonnes ? Je t'ai tout dit. Tu crois que ce n'est pas suffisant ? Je te parle de sommes conséquentes. Assez pour être accusé d'escroquerie. Et de meurtre.

Marie-Hélène lève une main pour l'arrêter.

— Bon, bon, je te demandais ça comme ça, ne t'énerve pas.

Enroulé dans son peignoir, Sébastien ne bouge

3. Portugais (arg.).

pas d'un pouce. Planté. Consterné.

— Je ne veux pas d'histoire d'argent entre nous, insiste Marie-Hélène en guettant un signe d'approbation qui ne vient pas.

Sébastien reprend le fil de ses pensées d'une voix redevenue doucereuse, il change de sujet.

— Chérie, je dois retourner en Suisse le week-end prochain, pour un salon. Uniquement pour mon boulot. Je ne peux vraiment pas me dérober. J'y séjournerai deux petites semaines. Cela nous permettra de laisser passer l'orage. Nous cesserons de nous voir et de communiquer. Une quinzaine tout au plus, tu comprends ? Dès que les choses se seront tassées, tout redeviendra plus facile. Tu sais que je t'aime, je ne veux plus qu'on se dispute.

— Je suppose que tu réalises ce que tu me demandes…

— Cela ne dépend pas de moi, mais de ma boîte. De nouvelles berlines vont être mises sur le marché, respectueuses des normes environnementales. Je dois participer à une formation. Impossible de travailler par vidéoconférence, il est important que les nouveaux modèles soient inspectés physiquement.

Marie-Hélène tire sur les pans de sa jupe, fait mine de réfléchir, s'efforce de masquer son trouble.

— Et ce fric dont tu parles, si encore je pouvais le récupérer… Avec cette espèce de Columbo à chapeau qui ne me lâche pas, ça risque d'être compliqué.

— Tu le toucheras, ce pognon. Je sais que Jean-Pierre avait pris des précautions. Et puis, dans quelques semaines, nous vivrons libres, tu verras. Nous entamerons une vie nouvelle, celle dont nous rêvons tous les deux. Mais avec ces événements et ces flics dans nos jambes, un minimum de prudence s'impose.

Elle acquiesce, mais comprend qu'elle s'est peut-être trompée sur les sentiments de Sébastien.

— On verra… Au fond, ce n'est pas le plus important.

À l'expression résignée qu'il lit sur le visage de sa maîtresse, Sébastien comprend que le cœur n'y est plus. Il ne trouve rien à ajouter lorsqu'elle s'extirpe du canapé. Elle ajuste à nouveau sa jupe et redresse le dos, comme pour retrouver sa dignité. À sa grande surprise, elle se réfugie contre son épaule et soupire.

— J'ai peur, Sébastien. Je ne sais pas pourquoi, mais j'ai peur.

— Ne crains rien. Tu n'as rien fait de mal. Tout va rentrer dans l'ordre…

Elle essuie une larme, se serre encore plus fort contre son amant, puis, sans un mot, elle enfile son manteau et récupère son sac avant de traverser le hall.

Sébastien la suit, tente de la retenir par le coude au moment où elle pose la main sur la poignée de l'entrée. Il ouvre la bouche pour parler, avance un bras pour l'enlacer, mais elle se dégage, songeuse.

Depuis quelques minutes, ses sentiments ont subi un bouleversement imprévisible. Elle découvre une facette de son amant qu'elle n'avait jamais soupçonnée, une sorte de faiblesse coupable. Ou bien est-ce sa propre fatigue qui la perturbe ? Elle doit rentrer, prendre un somnifère et dormir, elle subit trop de contrariétés depuis la mort de son mari.

Elle pose un pied dehors et frissonne. En moins d'une heure, le temps a changé. Un vent glacial s'acharne à détacher les dernières feuilles, son souffle s'engouffre sous les tuiles en sifflant.

Sur l'allée, les pas de Sébastien s'associent aux siens. Elle grelotte de plus belle en s'installant derrière son volant tandis que lui, confus, se prépare à refermer la portière. Elle s'empresse de la claquer elle-même avant de baisser la vitre et de lancer, du bout des lèvres, un au revoir indifférent.

— C'est l'histoire de quelques jours… Tu sais… Je…

— Je vois. Ne te fatigue pas, j'ai très bien compris.

Puis elle ajoute, comme si de rien n'était :

— J'ai oublié de te dire : hier soir, mon appartement a été visité. J'ai rapidement fait le tour. Arrivée à ma chambre, j'ai inspecté le tiroir de ma table de chevet. J'y avais laissé ma parure de diamants et une photo de nous devant le Colisée. Elle n'y était plus.

— On a volé ta parure ? !

— Non… la photo.

Et elle appuie sur *start engine*.

Chapitre XVI

Mercredi 21 novembre

Malgré son désir de rentrer au plus vite, Marie-Hélène Delponte roule prudemment. Elle avait adoré leur voyage à Rome, cette parenthèse romantique... mais la photo d'eux devant le Colisée n'avait jamais existé. C'était une invention, une ruse destinée à souligner sa cupidité. Sa colère envers Sébastien ne s'émousse pas. *Quelle imbécile j'ai été de me confier à lui ! Moi qui attendais du réconfort, je suis servie.*

À peine passé le virage au bas de la côte, le château de briques roses s'impose au-dessus de la nouvelle place centrale. Le caractère minéral de l'esplanade, son sol de marbre et ses candélabres maigres lui donnent froid dans le dos. D'autant qu'elle est seule sur la route. Absorbée par ses réflexions, elle ne remarque pas deux lucioles qui percent l'obscurité dans son sillage.

Les paroles de Sébastien résonnent encore dans sa tête : *Tout va rentrer dans l'ordre...* Non ! Tout part à vau-l'eau. Marie-Hélène ne lui fait plus confiance. Elle aurait préféré qu'il prenne une initiative, pour une fois. Qu'il lui propose de passer la nuit chez elle. Ou bien qu'ils aillent à l'hôtel, ou mieux : qu'il lui suggère de rester chez lui. En tout cas, qu'il demeure auprès d'elle. Elle en avait besoin… Mais non ! Monsieur a un rendez-vous de bonne heure et doit encore étudier un dossier… elle n'y croit pas une seconde. *Je pensais qu'il m'aimait... Quelle conne !* Puisque la police a relevé les indices et pris des photos, elle demandera à Anne-lise de tout remettre en place dès le lendemain, après le passage de l'expert mandaté par l'assurance. Ce soir elle dormira au *Raymond IV*, à deux pas de chez elle. Son amie Annie en a fait un établissement agréable… Elle essuie une larme de désillusion, rage après sa naïveté. Les aveux de Sébastien, ces grosses sommes déposées en Suisse, lui reviennent en mémoire. Y a-t-il un lien entre cet argent et l'assassinat de Jean-Pierre ? Pourquoi se montre-t-il si distant au milieu de tout ce malheur ?…

Après le pont sur l'Hers, à la sortie du bourg, le faible éclairage d'une entreprise de transport peine à illuminer la départementale qui longe l'autoroute et dont les fossés sont gorgés d'eau. Elle jette un coup d'œil au rétroviseur, constate qu'elle n'est plus seule sur la route. Mauvais pressentiment… Les lucioles se rapprochent, grossissent jusqu'à former un halo et éclairer l'habitacle. Gagnée par l'inquiétude, elle se cramponne au volant en attendant d'être doublée. Malgré le chauffage, elle tremble comme une feuille. Ses nerfs reprennent le dessus, elle crie : « Passe, qu'est-ce que tu fous ? Passe, merde ! » Elle ralentit pour permettre à celui qui la talonne de la doubler. Mais le véhicule adopte la même allure… puis finit par se laisser distancer. Fausse alerte. Elle se détend lentement, se blâme d'avoir eu peur. À cette heure, les routes ne sont jamais totalement désertes. Pas de quoi paniquer. Elle allume la radio, entend vaguement un chroniqueur commenter l'actualité. Toujours à voix haute, elle se rassure : « Pas d'affolement, dans dix minutes, tu seras à la maison. » Bientôt, elle pourra tirer les rideaux de sa chambre et remonter sa couverture jusqu'à son menton. Au chaud et à l'abri… Mais elle se raidit à nouveau. Les lucioles énervées réapparaissent, se rapprochent, l'éblouissent. Son pied écrase l'accélérateur, le moteur rugit, son dos est plaqué contre le siège. Ses doigts se crispent sur le volant à s'en blanchir les jointures, son pouls s'affole. Ses pneus avalent l'asphalte, la voiture poursuivante la talonne jusqu'à la toucher presque. « Bon sang, mais qu'est-ce qu'il me veut à la fin ? Merde ! » Tout s'agite dans sa tête et sa poitrine, son esprit chancelle, un grand vide s'empare de son cerveau. Vertiges. L'autre voiture cesse de la talonner, déboîte et amorce le dépassement. Son klaxon hurle comme une bête entêtée. Les deux véhicules se retrouvent côte à côte. Les carrosseries se frôlent. Épouvantée, Marie-Hélène est en transe, son dos colle au siège. « Pourquoi ? Mais pourquoi… ? » Marie-Hélène cherche qui lui en veut : ennemis, amis, voisins, concurrents ? Des noms lui passent par la tête, trop vite pour qu'elle les retienne. Pourquoi elle ? Qui peut la haïr au point d'essayer de… la tuer ? Oui, c'est ce que cherche le conducteur de l'autre véhicule. Qui ? Mais qui ? Elle pleure, sa vue se brouille. Tout à coup une collision sur le côté gauche la fait dévier de sa trajectoire. Elle parvient in extremis à redresser sa course. Les pneus rugissent. Elle se tourne vers le chauffard. À la faible lueur des rares lampadaires et à travers ses larmes, elle croit reconnaître la voiture et le visage du conducteur qui se tourne vers elle… *Non, ce n'est pas possible !* Elle hurle à s'en éclater les tympans, écrase la pédale de frein et amorce un tourbillon de glissades. Son véhicule essuie le macadam, puis enchaîne les tonneaux. Marie-Hélène est précipitée vers la pile du pont qui enjambe la départementale et dans un fracas de ferraille elle s'écrase contre la barrière de sécurité. Chaque centimètre carré de son corps est brutalisé, martelé comme le fer sur l'enclume. Choc. Silence. Trou noir.

Dans la nuit mouillée, une silhouette s'approche de l'épave et, de ses mains gantées, accroche autour du cou de Marie-Hélène Delponte un pendentif de céramique enfilé sur un lacet de cuir.

Chapitre XVII

Jeudi 22 novembre

Revêtue d'une simple nuisette rouge, Séverine pose la cafetière, deux tasses, du pain, du beurre et de la confiture, sur la table basse. Le parfum de l'arabica arrache Bruno à ses pensées. Sophie, sa femme disparue et maintenant Séverine… Comme lui, elle garde sa passion collée à la peau. Mais elle sait qu'après l'amour, deux flics qui bossent sur le même dossier finissent toujours par évoquer le travail. Bruno en parle le premier, elle ne s'en étonne pas.

— Et si on essayait d'y voir un peu plus clair dans l'affaire Delponte ?

— Marmelade maison, précise-t-elle en souriant.

Bruno l'embrasse dans le cou. Il avale une tartine avec son thé. Deux baisers plus tard, il ramasse son paquet sur la table de nuit et s'autorise une cigarette. Il se lève, enfile caleçon et tee-shirt, puis, comme un automate, marche vers la fenêtre dont il écarte les rideaux avant de se planter devant, le regard perdu au loin. Il laisse vagabonder sa curiosité sur les toits de la Ville Rose. Il lui semble qu'il pourrait poser la main sur les allées Jean Jaurès ou s'emparer des locomotives de la gare Matabiau comme de simples jouets. Il se déplace mentalement d'une avenue à une autre, d'un faubourg à un autre. L'aéroport, l'hôpital Purpan, le quartier du Mirail… la clinique du Château Vert. Il se tourne, forme un minuscule orifice avec ses lèvres et souffle la fumée vers le haut en un jet dru, qui rappelle celui d'une bouilloire. *Je clope trop, je devrais suivre les conseils du toubib et adopter une stratégie qui tienne la route pour arrêter progressivement. Bientôt... Peut-être... Pour l'heure, cette affaire me pourrit la vie !* Il s'apprête à reprendre la parole, mais sa phrase reste en suspens. Sur la table de chevet, son portable vibre. Un saut et il le colle à son oreille.

— Levasseur… oui… Merde ! Il manquait plus que ça… Oui… J'y serai.

Séverine s'immobilise. Le sourcil froncé, elle

s'inquiète de cet appel matinal. Levasseur la regarde droit dans ses yeux.

— La veuve Delponte est morte cette nuit. Les pompiers ont constaté des empreintes suspectes sur l'aile avant de sa voiture, comme si elle avait été percutée. Des traces de freinage sur la chaussée semblent confirmer l'hypothèse.

Il marque un temps avant de reprendre :

— La scientifique a récupéré la voiture pour un examen plus poussé, le corps est chez le légiste.

Séverine ouvre la bouche mais se retient. Elle se contente d'attraper un gros pull et de l'enfiler par-dessus la nuisette avant de demander à Bruno ce qu'il compte faire.

— Je doute qu'on découvre quoi que ce soit en cuisinant les secrétaires de la clinique, mais on ne doit rien négliger. T'en penses quoi ?

— Ça fait combien de temps que t'as pas vu Sophie ?

— J'attends qu'elle m'appelle… J'ai rendez-vous avec Petit-Louis à 10 heures. Pour l'instant, on va interroger les secrétaires.

Séverine et Bruno franchissent les larges portes vitrées de la clinique. Dans le hall, ils saluent

Madame Lemoine qui savonne le sol. Le détergent dégage une puissante odeur de propre.

Les policiers s'orientent vers les bureaux de la Direction. Sur les murs sont scotchées des affiches exhortant à la prudence : alcool, tabac, malbouffe… Les deux secrétaires gèrent tout : les entrées, les sorties et les rendez-vous au milieu d'un mélange confus de musique classique et de sonneries de téléphones.

Nadia Fraisse résiste sans broncher à l'agacement des malades. Les moins courtois tempêtent, haussent le ton, voire menacent. Garder son calme demande des efforts qu'elle accomplit sans faillir depuis ce jour de juin où elle a remplacé une employée démissionnaire. Ses doigts jouent sur le clavier, elle ne les regarde pas, elle est concentrée sur l'écran de l'ordinateur.

Levasseur opère une entrée discrète.

— Pouvons-nous discuter cinq minutes ?

Audrey lève un sourcil. Elle hoche la tête et pointe le gros titre qui barre la première page du plus grand quotidien local. *Clinique du Château Vert : après le directeur, son épouse*. Deux visages illustrent un article qui s'étire sur trois colonnes.

— Vous êtes venus pour ça, n'est-ce pas ?

— C'est exact.

Il saisit une chaise et s'installe face à elle, le dos bien droit.

— Je voudrais savoir qui assurait le service ici, dimanche soir, le jour où Monsieur Delponte a été assassiné.

Audrey s'adresse à sa collègue. Sa mine étonnée par la question.

— Toutes les deux. Parfois on est seules, parfois deux. Le dimanche, c'est un jour chargé. Pas vrai, Nadia ?

Elle continue sur sa lancée.

— Quand je pense qu'on était aux premières loges…

— Avez-vous remarqué quoi que ce soit d'insolite ?

Audrey s'empresse de répondre.

— C'est drôle, ce matin, ma mère m'a posé la même question. Tu as vu quelque chose, toi, Nadia ?… Pas moi, en tout cas. C'est aussi ce que j'ai dit à ma mère.

Séverine n'a pas oublié le témoignage de Madame Lemoine, elle prend le relais :

— Avez-vous souvenir de quelqu'un qui soit venu réclamer la clé du septième étage ?

— Non… personne. Pas vrai, Nadia ? Tu as vu quelque chose, toi ?

— Personne, confirme l'interpellée sans lever le nez de son ordinateur.

Audrey se concentre deux secondes.

— Au sujet de cette clé, Monsieur Delponte pouvait se montrer distrait, vous savez.

La policière réprime un léger sursaut.

— Ah bon ? Qu'est-ce qui vous fait dire ça ?

— Eh bien, par exemple, la semaine dernière, Monsieur Delponte m'avait demandé de lui monter un répertoire. C'était mardi… ou peut-être mercredi… attendez. C'est le jour où ma coiffeuse…

— Parlez-nous plutôt de la clé, intervient Bruno contenant mal son impatience.

— Oui, pardon. Il m'a dit : *N'oubliez pas la clé*. On dispose d'un double ici, sur le tableau. Eh bien, ce jour-là, la première chose que j'ai constatée, c'est que l'accès du septième était déverrouillé. J'avais pris la clé pour rien. Au fond du couloir, le bureau était ouvert lui aussi. Monsieur Delponte ne refermait pas souvent derrière lui. Ce n'était pas la première fois que ça arrivait. Pas vrai, Nadia ?

Nadia Fraisse ne répond pas, reste indifférente.

La lieutenante s'empare de son petit carnet,

tourne quelques pages et se concentre en silence sur ce qu'elle y a écrit. Audrey profite de l'intermède pour reprendre son bavardage, le sourire éclairé d'un rouge à lèvres criard.

— Vous savez, Nadia possède un excellent sens de l'observation. D'ailleurs elle a travaillé dans la gendarmerie, et depuis six mois qu'elle est ici, elle remarque tout. Elle ferait un bon flic. Je veux dire… une policière de qualité. Pas vrai, Nadia ?

L'intéressée interrompt sa frappe, lève les yeux de son clavier. Elle s'exprime sans élever la voix. Personne ne se préoccupe de la musique rébarbative du téléphone qui insiste en vain.

— C'est vrai. Après avoir fait un an de formation à l'Institut en Soins infirmiers et compris que cela ne me convenait pas, j'ai intégré la gendarmerie nationale. J'y suis restée huit ans. Surtout affectée à des tâches administratives, mais gendarme quand même. J'ai démissionné avec une pension anticipée à la clé. Ce n'est pas énorme, mais maintenant, avec mon travail ici, je m'en sors plutôt bien.

Le capitaine laisse échapper un petit sifflement.

— Ainsi, dans une certaine mesure, nous sommes collègues.

Au léger sourire qu'elle affiche, les deux policiers comprennent que Nadia leur sait gré de faire abstraction de la guéguerre entre les deux administrations régaliennes.

— En tout cas nous l'étions, et je peux attester que dans chacun des services où j'ai exercé, nous n'avons jamais eu de difficultés à coopérer avec la police.

— Voici qui est encourageant, je peux donc compter sur vous si nécessaire.

— Bien sûr, Capitaine, je serais ravie de vous aider. Si je remarque le moindre détail ou si la moindre idée me vient, je vous fais signe.

Quelques blouses blanches s'activent dans les couloirs. Levasseur dégaine son portable, prétexte un coup de fil et s'éclipse discrètement. Séverine frappe du stylo sur son calepin et enchaîne :

— Des caméras assurent la surveillance, je suppose.

Une fois de plus, Audrey se hâte de répondre.

— Vingt-quatre heures sur vingt-quatre, sans interruption. Même si après 22 heures, les visites sont interdites. Quant à l'accès au septième, il faut prendre l'ascenseur privé, là-bas, dans l'angle du couloir.

Séverine en a assez entendu. Elle feint de se captiver pour les placardages réglementaires, prend encore quelques notes – ça rassure toujours les témoins –, et semble marquer un nouvel intérêt pour la disposition des lieux. Son portable vibre. Sur l'écran s'affiche un SMS de Bruno : *Peinture de couleur différente sur l'aile avant gauche de la voiture de Delponte. Ce n'est pas un accident. Je dois rencontrer Petit-Louis à 10 heures pour examiner le véhicule. On se retrouve à 11 heures chez Ségala.*

Tandis que la sonnerie renoue avec sa cadence frénétique, Nadia tend la main vers le thermos.

— Je dois rejoindre le service du matériel. Une tasse de thé avant que je sorte ?

Une idée traverse l'esprit de l'enquêtrice.

— Volontiers, une pause, c'est sacré. Ensuite j'irai importuner votre DRH cinq minutes pour récupérer les enregistrements de vidéosurveillance.

Nadia remplit les gobelets, garde le sien dans sa main droite et de l'autre touille son breuvage, la tête ailleurs. Séverine trempe ses lèvres dans le liquide brûlant en la regardant faire.

Encore une gauchère. On est beaucoup plus nombreux qu'on le pense… Faudra que je revoie

Nadia, elle est sympa et en tant qu'ancienne gendarme, elle pourrait se révéler utile.

Sur une page de son carnet, elle griffonne trois mots à la hâte puis les lui montre discrètement. Nadia lit et approuve d'un battement de cils.

Chapitre XVIII

Jeudi 22 novembre

Petit-Louis, colosse d'un mètre quatre-vingt-cinq, affiche une mine réjouie. Dix heures pile. Il tend son énorme paluche vers son collègue de la criminelle.

— Bonjour Bruno. Ça fait deux plombes qu'on trime, avec Michel.

Levasseur serre la main de Michel, puis celle de Petit-Louis dont le fils a seulement frôlé le retrait de permis le mois dernier grâce à son intervention.

La voiture a été examinée sous toutes les coutures. Le rapport, dont les techniciens viennent de remettre un exemplaire au capitaine, conclut : le véhicule a été projeté vers le fossé. Petit-Louis affiche une mine sérieuse pour argumenter.

— Regarde l'enfoncement du côté gauche. C'est

pas un accident : c'est un *glissé*. Le frottement est caractéristique, la caisse n'a pas seulement été percutée, on l'a poussée. Et puis… On a remarqué une particularité qui va t'intéresser. Le petit malin qui a préparé ça a pris ses précautions : il a débranché l'airbag et poinçonné la ceinture sur la largeur, genre prédécoupage.

Levasseur hoche la tête.

— Un coup bien préparé.

Puis il jette un œil au rapport. Petit-Louis y a consigné ce qu'il vient d'exposer. Des schémas complètent une rédaction sobre et précise. Le véhicule qui a provoqué l'accident était surélevé, de type 4 x 4 ou SUV, couleur rouge prune. L'analyse de la peinture est en cours, comme les traces de pneus. Les résultats viendront finaliser le rapport.

Levasseur remonte le col de son blazer, remercie et salue les mécanos. Il pose la main sur la poignée de la lourde porte en fer du garage, prêt à affronter le froid matinal, quand la curiosité se rappelle à Petit-Louis :

— Et le conducteur ?

— C'était une conductrice. Après un choc aussi violent, elle n'a pas survécu. Il faut que j'y aille. Je vous dois une tournée.

À 11 heures, comme prévu, Bruno et Séverine se retrouvent sur les boulevards, devant le portail de Ségala. D'un simple coup d'œil à la bâtisse, Levasseur comprend que le praticien est à l'abri du besoin. Durant la Renaissance, la demeure avait appartenu à un riche marchand, un de ceux qui avaient amassé des fortunes grâce au commerce du pastel.

— Désolé de t'avoir laissé tomber avec les secrétaires, mais j'avais rencard avec Petit-Louis et j'ai reçu un coup de fil de Guillaume : Ségala a appelé le Central depuis les urgences. Guillaume est allé le trouver pour enregistrer sa plainte. L'ex-gendre s'est fait tabasser chez lui, hier soir, il a fini assommé. Son portail a été forcé et il n'a pas vu son agresseur. Il n'a rien pu dire de plus, mais on avisera avec le rapport sous les yeux. De ton côté ?

Séverine hausse les épaules.

— J'ai tenté ma chance comme on jette une bouteille à la mer. La bavarde, Audrey, a été embauchée voilà presque cinq ans et l'ancienne gendarme, Nadia Fraisse, est arrivée il y a six mois. Elle a remplacé au pied levé une fille qui a démissionné…

Après une courte réflexion, Séverine change brusquement de sujet :

— Je suis toujours perplexe à propos de la clé du septième étage. Qui d'autre y avait accès ?

— Peu importe. Tout le monde s'accorde à dire que les portes restaient ouvertes.

— Hum… J'ai invité Nadia à déjeuner, ce midi. J'espère que l'ancienne gendarme aura envie de jouer à l'auxiliaire de police et qu'elle me donnera du biscuit… si elle en a.

Levasseur approuve :

— Pense à la note de frais. Allez, on va voir le toubib.

— Quand on parle du loup…

Les policiers resserrent leurs cols et rejoignent le médecin qui leur fait signe depuis son portail ouvert. Une pointe de fatalisme perce dans sa voix lorsqu'il s'adresse à eux.

— Bonjour, Capitaine. Bonjour Lieutenante. Je vous attendais. Vous savez que ma belle-mère a été victime d'un malheur, bien sûr. Moi je viens de l'apprendre. Assassinat de mon beau-père, accident de sa femme… Et mon agression. C'est une véritable malédiction.

Le capitaine acquiesce.

— Bonjour, Docteur. Toutes nos condoléances… On m'a appris votre dépôt de plainte. Comme vous dites, les événements se bousculent. Vous semblez avoir déjà récupéré, tant mieux.

Le médecin les invite à entrer dans la cour. Il tente de refermer le portail, jure lorsque des cailloux bloquent le battant et qu'il doit se baisser pour les dégager.

Levasseur poursuit comme si de rien n'était et lâche l'info brutalement pour observer la réaction du médecin.

— Pour votre belle-mère, nous privilégions la piste criminelle. Ce n'était pas un accident.

Laurent Ségala se redresse d'un coup et peine à articuler :

— Vous plaisantez ?

Levasseur plisse le front. Ses larges cernes témoignent d'un sommeil trop court. Il n'a plus l'âge des nuits blanches et des corps-à-corps débridés. Il lève les yeux sur un ciel couvert, triste et sale. La pluie ne lavera rien et la grisaille le ramène aux galères de sa fille et à ses angoisses de père. Humeur de chien. Il ne comprend pas la question du toubib, la prend au premier degré, pense qu'il s'agit de légèreté, d'inconséquence. Il le fixe pour donner plus de poids à sa réponse :

— Votre belle-mère est morte assassinée. Comme

votre beau-père… J'ai l'air de plaisanter ?

Le médecin retient une moue d'incompréhension, ajuste sa cravate.

— Pardon, Capitaine, une façon malheureuse de m'exprimer… Suivez-moi à l'intérieur, je vous prie. Ici on gèle.

Le capitaine écrase son mégot au bas du perron, sur le gravier, puis le range dans sa poche.

Une fois installés au salon, Levasseur reprend le cours de son interrogatoire.

— Pure routine, docteur : où étiez-vous dimanche soir ?

Il plonge la main dans sa poche en posant la question, à la recherche de son paquet de cigarettes. Il la retire aussitôt. Puis se ravise et allume une clope sans demander de permission : des cendriers traînent un peu partout dans la pièce. Il fait signe du menton à Séverine de noter les réponses.

— J'étais au cinéma, comme tous les dimanches, au milieu d'une cinquantaine de personnes. J'y ai croisé un couple d'habitués. Ils pourront en témoigner. Je suis rentré vers 23 heures 30.

— Et hier au soir ?

— Je souffre d'une cruralgie. Un confrère m'a administré une dose de morphine vers 19 heures.

Puis je suis rentré chez moi où j'ai été sauvagement agressé, comme vous le savez.

Levasseur lève le menton, fronce le sourcil.

— Êtes-vous allé réconforter votre belle-mère, ces jours-ci ?

— Capitaine, je suis divorcé. Je n'ai plus de belle-famille. Mais vous avez raison, je suis passé voir Marie-Hélène lundi pour lui présenter mes condoléances et lui proposer mon aide.

— Comment était-elle ?

— Très affectée, bien entendu, mais c'est une maîtresse femme. Elle m'a affirmé, sans entrer dans les détails, qu'elle se chargerait du nécessaire pour l'héritage en général et pour la clinique en particulier. J'en deviens le directeur, conformément aux dispositions prises par Jean-Pierre.

Levasseur se cale dans son fauteuil, expire une longue bouffée et réfléchit quelques secondes avant de reprendre :

— Parlez-moi de lui.

Une injonction banale, inoffensive, que le capitaine a lancée d'un air détaché. Mais Laurent se méfie. Un mot de travers peut conduire un innocent en prison.

— J'ai connu mon ex-beau-père à Marseille, où

j'ai pratiqué sous sa supervision. Il m'a tout appris : de l'opération bénigne à la greffe d'un rein en passant par l'ablation d'un sein ou la pose d'une prothèse. Jean-Pierre excellait en tout. Pendant des années, il a suscité l'admiration de ses confrères marseillais. Puis, du jour au lendemain, il a décidé de s'installer ici. Je venais de quitter Maria, ma compagne, pour céder aux avances de Florence, j'ai logiquement suivi la famille Delponte jusqu'à Toulouse. Sans poser de questions.

— Maria ?

— Maria-Dolores Villalonga, c'était ma fiancée.

— Ha, oui… Vous connaissiez bien Delponte, je refuse de croire que vous ignorez les raisons de son départ.

— Je n'en sais vraiment rien, c'est la stricte vérité, Capitaine. Ce que je peux vous dire, c'est que mon ex-beau-père était un chirurgien brillant à la clinique. Partout ailleurs… Sa femme lui expliquait comment nouer sa cravate, ce qu'il avait le droit de manger ou de boire, s'il pouvait se resservir, et même s'il devait s'éloigner d'un ami ou pas. C'est pour ça qu'il travaillait autant : à la clinique on l'appelait *Monsieur* et il se sentait respecté.

Bruno se penche et écrase son mégot dans le

cendrier en terre cuite posé sur la table basse.

— Et Madame Delponte, qu'avez-vous à en dire ?

— Marie-Hélène est… pardon, était excessivement dépensière. Jean-Pierre s'en plaignait souvent. Elle pouvait débourser une fortune en vêtements un jour et demander à sa gouvernante de les porter au Secours Populaire le suivant. Elle avait besoin de toujours plus. De bijoux, de bibelots, de repas au restau… Je ne devrais pas parler comme ça. Pas aujourd'hui. Je suis désolé.

Bruno décide de mettre un terme à la visite, il sait que Ségala ne lui apprendra rien d'autre. Les personnes qu'il a rencontrées au cinéma seront entendues, mais il serait surpris que le médecin se montre assez stupide pour inventer un alibi aussi aisément vérifiable. Quant au contrôle de celui de la veille : borner ses appels téléphoniques relève du b.a.-ba.

Sur un signe discret de son patron, Séverine referme son carnet. Levasseur se lève, enfile son manteau, coiffe son chapeau et prend congé en compagnie de sa collègue. Ségala leur indique la sortie d'un geste lent et exagérément courtois.

— Je vous raccompagne.

Dehors, le temps ne s'arrange pas. Une main enfoncée dans une poche du pardessus, l'autre ouverte devant la bouche pour canaliser son souffle, Levasseur frissonne. Attentif à ne pas glisser sur les marches du perron, usées en leur milieu et que l'humidité rend dangereuses, il avance avec prudence, imité par Séverine. *Vivement la fin de l'hiver, la lumière et la chaleur.*

Une fois au bas de l'escalier il resserre son manteau lorsqu'une bourrasque fait voltiger son feutre. « Merde, mon chapeau ! » Et il se précipite à la poursuite du couvre-chef qui stoppe sa course au pied du tilleul centenaire. *Ouf ! Sans lui je me sens tout nu.* En relevant la tête, il aperçoit, stationné sur deux places de parking, un SUV rouge prune. Les éraflures sur la carrosserie lui sautent aux yeux. Les traits du capitaine se crispent, son regard vire au noir. Il tourne les talons et revient se planter devant le médecin, occupé à échanger avec Séverine sur des désagréments d'hiver. Sans précaution, il informe :

— Une équipe va venir analyser votre véhicule. C'est bien le vôtre, n'est-ce pas ?

Ségala reste bouche bée, blêmit d'un coup. Levasseur attrape son smartphone, appelle la juge, échange quelques mots avec elle, puis se tourne vers la lieutenante.

— Tu lui lis ses droits et on le conduit au Central.

Séverine prononce la phrase convenue :

— Docteur Ségala, nous sommes le jeudi 22 novembre, il est 11 heures 45, vous êtes en garde à vue dans le cadre de l'enquête sur…

Elle tourne la tête vers le capitaine qui complète :

— … sur les assassinats de Jean-Pierre et Marie-Hélène Delponte.

Chapitre XIX

Jeudi 22 à novembre

La fin du marché est encore animée par une foule hétéroclite. Les maraîchers, mains protégées de mitaines, versent leurs corbeilles dans les sacs des clients. Ségala embarqué et Séverine partie déjeuner avec l'ex-gendarme, Levasseur gagne un arrêt de bus en rasant les façades pour éviter d'être ralenti par les chalands agglutinés. *Je prendrai un sandwich au snack du CHU.* Les faits se succèdent à une allure telle qu'il a la désagréable impression d'être engagé dans une course contre la montre. Arrivé au pied de la statue de Jeanne D'Arc, il s'arrête et allume son smartphone, parle fort sous les regards indifférents de passants pressés.

— Levasseur ! Je peux te voir ?... À la cafétéria ?... OK. Ciao.

Le bus qui le conduit à l'hôpital abritant l'Institut Médico-Légal est bondé. Un barbu aux cheveux longs, vingt-cinq ans maximum, le jean troué aux genoux, se lève et invite Bruno à prendre sa place d'un regard.

— Non merci, j'ai besoin de rester debout.

Bon sang ! J'ai l'air si vieux qu'un jeune me propose son siège ?!

Comme convenu, Levasseur retrouve son ami légiste à la cafette de l'hôpital.

— Salut, Bertrand. Désolé de te déranger, mais le cas de la veuve Delponte me préoccupe. J'ai besoin de vérifier un truc ou deux avec toi. Tu peux m'amener dans ton repaire ?

— À ta disposition. Laisse-moi juste finir le café. Tu veux savoir quoi ?

— Si elle est bien décédée des suites de l'accident. D'après Petit-Louis, son airbag avait été déconnecté… Un tueur consciencieux a peut-être tenté un empoisonnement préalable… Ou autre chose…

— Bon, on va voir tout ça. Je te préviens, c'est pas un beau spectacle. Je sais que tu en as vu d'autres, mais quand même…

Levasseur emboîte le pas du praticien vers l'IML…

Une porte s'ouvre. La pièce est faïencée du sol au plafond. Bertrand fait rouler un tiroir sur ses rails, soulève un drap. L'odeur du formol prend le policier à la gorge, le médecin n'y accorde plus d'attention.

— Entre, Bruno… Tiens, regarde. Je t'avais prévenu. La cage thoracique est écrasée, le volant s'est pratiquement encastré dedans. Ta cliente roulait vite…

Puis, en consultant le rapport attaché au tiroir, il ajoute :

— Tu m'as demandé s'il y avait eu absorption de substances, la réponse est non. Je suis catégorique : juste du whisky dans le bol gastrique. Pur malt. Pas suffisamment pour l'empêcher de conduire.

Bruno se tourne vers le cadavre et retient mal un haut-le-cœur. Il ne s'est jamais habitué aux corps brisés.

— Et ses affaires ?

Le légiste hausse les épaules

— Vêtements, bijoux, contenu du sac et des poches… Les effets personnels sont conservés dans une boîte en alu en attendant que la famille vienne les récupérer.

Bertrand se dirige vers une armoire, Bruno a le

pressentiment qu'il brûle... Neuf secondes plus tard, le légiste désigne du menton l'intérieur de la boîte. Levasseur retient son souffle, puis il exulte :

— J'en aurais mis ma main au feu !

Il s'empare d'un sachet plastique avec un rictus de satisfaction et indique un médaillon.

— Qu'est-ce que tu vois, dessus ?

Le praticien prend la pochette, ajuste ses lunettes, examine l'objet...

— L'homme de Vitruve, comme celui de son mari, non ? Rien d'étonnant pour un couple de porter le même bijou...

Levasseur retrouve son enthousiasme.

— C'est l'assassin qui a placé le médaillon au cou du mari. Il a récidivé avec la veuve. Je vais réunir les gars. L'union fait la force, et parfois l'intelligence. Merci pour ton aide, Bertrand.

Le médecin hoche la tête en même temps qu'il secoue la main tendue, Bruno file comme le vent.

Chapitre XX

Jeudi 22 novembre

Au Château Vert, le restaurateur a aligné quelques tables le long du couloir de la cafétéria. À l'instar des brasseries du centre, il veut montrer qu'il dispose d'une terrasse. Les deux femmes sont installées à l'intérieur, dans un angle, sous les couleurs vives des fresques murales peintes à la manière de Botero. Il flotte encore dans l'établissement des odeurs d'arabica et de chocolat chaud.

— Merci pour votre invitation. Quand j'ai lu votre proposition sur le calepin, j'ai été tentée d'emblée.

Séverine l'interrompt et la remercie d'un même geste.

— Je vous en prie. En tête à tête, nous serons plus à l'aise pour discuter. J'avoue que votre collègue me perturbe un peu. Ses bavardages incessants ne m'aident pas à mettre de l'ordre dans mes idées.

Nadia émet un petit rire discret, passe sa commande au garçon. Séverine hoche la tête et prend la même chose : salade gasconne. Puis :

— Vous permettez que je vous appelle par votre prénom ?

— Je vous en prie.

— Moi, c'est Séverine. Je m'apprêtais à vous solliciter pour collecter des informations que nous aurions pu recouper avec nos propres indices. Mais maintenant, c'est devenu inutile.

Nadia Fraisse s'essuie les lèvres, avale une gorgée d'eau plate avant de s'étonner.

— Pourquoi ?

Ignorant les va-et-vient des clients qui affluent, Séverine ne répond pas à la question.

— Je suis heureuse de partager ce moment avec vous. Je vous laisse mes coordonnées, rien ne nous empêche de remettre ça à l'occasion.

Nadia glisse la carte dans son sac et tente de satisfaire sa curiosité :

— Alors ? Où en êtes-vous de votre enquête ?

— Nous venons d'arrêter le coupable. Il est en garde à vue, il reste à le faire passer aux aveux.

Nadia Fraisse ouvre de grands yeux, elle stoppe son geste et la fourchette s'immobilise devant sa bouche.

— Félicitations ! C'est qui ?

Séverine s'essuie les mains avec sa serviette en papier et prend son air le plus mystérieux.

— Je vais tout vous raconter, mais avant parlez-moi un peu de vous.

— … D'accord… Je n'ai pas toujours eu une vie facile… Rien d'original pour autant. Quand mon père nous a abandonnés, mes deux frères et moi, on était adolescents. Ma mère nous a élevés seule, après son départ, avec ses maigres revenus de femme de ménage… Un chocolat chaud, le soir, avec du pain et de la confiture… Maman gagnait de quoi payer le loyer d'un appartement à la limite de l'insalubrité. Et quasiment rien de plus…

Au milieu du brouhaha des tablées, des rires et des bruits de chaises, les deux femmes ont l'impression curieuse d'être seules. Le serveur crève leur bulle en apportant les salades. Qu'importe : Nadia la reconstitue aussitôt en continuant de se livrer, sans retenue mais avec pudeur.

— On n'avait pas droit aux vacances, aux cadeaux de Noël, ni à ceux d'anniversaire… Mais on faisait face, tous les quatre, soudés.

Elle marque une pause, semble peiner à retenir ses larmes. Puis reprend :

— Il y a un peu plus de dix ans, mon frère cadet a bêtement trébuché devant un cycliste en quittant la boulangerie où il était apprenti. Fracture du fémur. Il a eu besoin d'une ostéosynthèse. Une plaque et quelques vis, rien de grave. Mais l'intervention s'est mal passée. Il a dû retourner sur la table d'opération… et il y est resté. Ma mère en est morte de chagrin, quelques mois plus tard… Alexandre, mon frère aîné, et moi, on a développé une sorte d'aversion pour la ville. C'était la cité de la misère, du malheur et de la mort… J'avais entamé des études d'infirmière, lui commençait à se faire un nom dans les MMA[4]. On a tout arrêté pour s'engager dans l'armée. C'était un bon moyen de partir. Alexandre s'est retrouvé à la légion, moi dans la gendarmerie…

Séverine n'ose pas l'interrompre. Elle se contente d'éloigner d'un geste le serveur qui, après avoir débarrassé leurs assiettes, aimerait savoir si elles veulent un dessert. Nadia continue comme si elle ne parlait que pour elle-même.

4. *Mixed Martial Arts* (arts martiaux mixtes).

— L’an dernier, après une déception amoureuse, j’ai décidé de quitter la gendarmerie. Un collègue qui avait bossé à Toulouse vantait régulièrement la ville, les quais de la Garonne, la place du Capitole, la richesse de l’histoire… Et mes maigres souvenirs de l’IFSI[5] m’ont permis d’obtenir ce travail au Château Vert… Voilà…

En guise de point final, Nadia se fend d’un sourire avant de s’adresser à Séverine sur un ton complice.

— Alors, j’ai le droit de connaître le nom du meurtrier, maintenant ?

Séverine boit une dernière gorgée d’eau minérale et se décide enfin. Elle ignore tout de la relation entre Nadia Fraisse et Laurent Ségala. Elle ne prend donc aucune précaution :

— C’est le docteur Ségala.

Nadia se fige. Sa fourchette tombe dans son assiette et son visage se ferme.

5. Institut de Formation en Soins Infirmiers.

Chapitre XXI

Jeudi 22 novembre

Chacun prend place pour le *débriefing*. En aparté, Guillaume et Arnaud échangent quelques points de vue sur l'affaire. Puis Arnaud change de sujet, évoque les fêtes qui se profilent déjà. Guillaume consulte sa montre. Il surveille le bureau du patron du coin de l'œil. Soudain, comme piqué par une guêpe, il quitte sa place pour ouvrir une fenêtre. Devant le regard surpris de Séverine, il se justifie :

— Ça pue le renfermé !

Le pas du capitaine résonne, les têtes tournent. Il a sa mine des mauvais jours, les yeux rivés sur ses chaussures. Parvenu au centre de la pièce, il lève le menton, affiche un sourire contraint.

— Bonjour tout le monde. Je sors de chez le Divisionnaire. On a dû libérer Ségala. L'affaire

Delponte prend une nouvelle tournure et devient la priorité absolue. Séverine va vous résumer la situation.

Il recule, s'adosse au mur et enfonce les mains dans ses poches tandis que la lieutenante entame son exposé.

— La veuve Delponte a été assassinée dans un simulacre d'accident. Un médaillon a été trouvé à son cou, identique à celui qui pendait à celui de son mari. Ces crimes profitent à Florence, la fille des victimes. On a vérifié son alibi pour le dimanche soir : un vernissage à sa galerie, c'est béton. Idem pour celui de mercredi : un restau fréquenté par le gratin. Or, puisque c'est la famille Delponte qui est visée, si Florence n'est pas coupable, elle risque fort d'être victime. Le capitaine lui a proposé de prendre quelques jours dans sa résidence secondaire des Alpes. Elle a refusé. Elle affirme qu'elle se sent plus en sécurité chez elle. Elle loge au-dessus de sa galerie. Elle est sous surveillance, la municipale nous a prêté des renforts dans le cadre du CLSPD[6]. En ce qui concerne son ex, Laurent Ségala : rien de concluant après trois heures de

6. Conseil Local de Sécurité et de Prévention de la Délinquance.

garde à vue. Pendant le premier crime, il a soutenu être au cinoche. On a contrôlé, c'est OK. Et il était incapable de conduire le soir où son ex-belle-mère a été assassinée. C'est frustrant parce que l'aile avant droite de sa bagnole a été endommagée et que sa couleur correspond à celle de la voiture qui a envoyé la veuve dans le décor. Mais le soir du meurtre, Ségala a reçu une dose de morphine vers 19 heures pour le soulager d'une cruralgie sévère. Une sorte de sciatique qui te vrille l'intérieur de la cuisse, d'après ce que j'ai compris. Le médecin qui l'a piqué affirme qu'il est parti au volant de sa voiture contre ses recommandations et qu'il a eu de la chance d'arriver chez lui. Il n'aurait pas pu rouler un kilomètre de plus : nausées, vomissements, somnolence… Par ailleurs : Ségala a porté plainte. Il s'est fait tabasser, chez lui, ce même soir. Le portail de sa maison a été endommagé mais on ne lui a rien volé. Conclusion la plus simple : celui qui lui a éclaté la tête a aussi emprunté sa voiture pour buter la vieille. Bref, il ne nous reste que deux pistes : Ferreira et Vitruve.

Séverine pose un regard appuyé sur Bruno pour qu'il prenne le relais. À l'extérieur, le soleil entame son déclin. L'obscurité qui s'annonce distille de la grisaille dans les cœurs. Levasseur s'accorde quelques secondes, le temps d'un coup d'œil silencieux à son auditoire. Jusqu'ici, tout le monde suit.

— Du nouveau à propos de Ferreira ?

— Toujours rien, Patron. Je planque à tour de rôle avec Wilfried pour le surveiller, ce mec a une vie extrêmement rangée, lâche Arnaud.

— Je voudrais pas le retrouver avec un médaillon autour du cou, lui aussi… Ou alors il se doute de quelque chose et il se tient à carreau… Je l'imagine plus en coupable qu'en victime… Guillaume, ce soir tu vas toquer à sa porte et tu lui mets la pression.

Guillaume approuve et se rengorge, ravi d'être propulsé à la manœuvre. Le patron ne lui en veut pas d'avoir foiré avec la veuve, c'est bon signe.

Levasseur tourne à nouveau la tête vers Arnaud :

— Vitruve ?

— Rien. Je vous épargne l'article de Wikipédia qui parle de perfection anatomique, de carré inscrit dans un cercle, et les interprétations symboliques que j'ai trouvées dans quelques bouquins : la terre et le ciel, l'esprit et la matière, etc.

— Eh merde…

Le capitaine indique la pendule murale : après

quatre jours intenses, ils peuvent rentrer chez eux, à l'exception de Guillaume qui doit auditionner Ferreira. Il accompagne son geste d'un dernier mot :

— Si l'un ou l'une d'entre vous a une idée, elle est la bienvenue. Sinon, à demain, les gars.

Séverine retient un sourire : elle fait donc partie des *gars*. *Le chemin est long encore* à parcourir...

Levasseur s'apprête à regagner son bureau mais se ravise.

— Arnaud, tu peux rester un moment, s'il te plaît ?

Le policier opère un demi-tour pendant que ses collègues sortent de la pièce.

— La fille Delponte a avoué à Séverine que son père avait quitté Marseille à cause d'une accusation soi-disant mensongère de *négligence*. Mais elle n'a pas obtenu plus de détails. Ségala, l'ex-gendre, prétend lui, carrément, ne pas connaître les raisons du déménagement… Arnaud, ne le prends pas mal mais : tu excelles à jouer les fouille-merde.

Arnaud opine en souriant, Levasseur reprend :

— Tu creuses sur la fourchette 2010 – 2015 environ. Articles de journaux, publications de l'Ordre des médecins, minutes des tribunaux si nécessaire, mais tu me trouves pourquoi ils ont quitté Marseille.

Ton beau-frère est flic à l'Évêché[7], non ?

— Tu es bien renseigné. Mais tu dois aussi savoir qu'il est anticlérical jusqu'au bout des ongles…

Levasseur se marre et enchaîne :

— Je compte sur toi pour faire fissa ?

— Pas de souci, je l'appelle.

— Encore une chose… On n'est pas assez nombreux, il faut aussi que je t'envoie sur le terrain. Essaie d'en savoir davantage sur la gouvernante des Delponte, une certaine Annelise Villamir. La veuve m'a lâché un truc bizarre, genre : *elle se donnait des airs de patronne, s'estimait intouchable et n'a sauvé sa place que grâce à la protection de mon mari*. Si tu pouvais la voir en début de semaine, peut-être mardi, ce serait parfait. Mais vas-y mollo. Terrain miné. En ce moment elle résiderait chez son fils souffrant, à Castres. Les coordonnées sont au bas du tableau.

— OK Patron.

Un dernier coup d'œil à sa montre indique à Levasseur qu'il a le temps de passer chez le caviste acheter un bon bourgogne avant… Avant de rentrer chez lui. Il n'a pas vu Sophie depuis 48 heures,

7. PJ de Marseille.

elle ne s'est toujours pas décidée à l'appeler… Il va faire le premier pas. Et son amour pour sa fille exige au moins un cru classé. C'est du moins ce qu'il se dit quand le nom improbable de *Mignonnette Perez* apparaît sur l'écran de son portable…

— Bonsoir, Madame la Juge.

— Bonsoir, Capitaine.

Au ton qu'elle adopte, il est clair que Mélanie Perez n'est pas d'humeur à perdre son temps en politesses. Elle reste debout, le regard dans le vague, dos collé au radiateur. Elle n'invite pas Levasseur à s'asseoir.

— Nous avons à présent deux cadavres sur les bras. Les presses locale et nationale s'en donnent à cœur joie, Monsieur le Procureur est aux cent coups. Où en êtes-vous, avec votre suspect ? J'avais cru comprendre qu'une heure suffirait pour qu'il passe aux aveux…

Levasseur soupire, lève les yeux au ciel.

— J'ai dû le relâcher, son alibi est incontestable.

La juge plante un regard sévère dans celui du policier.

— En clair, vous êtes retourné à la case départ.

Levasseur écarte les bras en signe d'impuissance,

prend une longue inspiration.

— Nous orientons nos recherches vers un proche de la famille. Un certain Ferreira. J'ai envoyé un de mes hommes chez lui. Il doit y être en ce moment.

— Motif ?

— Il est l'amant de Madame Delponte et, surtout, la comptabilité occulte du chirurgien le mentionne en face de grosses sommes.

— Quel intérêt aurait-il à faire disparaître son donateur ?

— Aucune idée. Les histoires d'argent sont souvent complexes. Nous devons passer les comptes de Ferreira au peigne fin… À ce propos, nous espérons toujours une réquisition bancaire de la part de vos services.

— Je l'ai signée en début d'après-midi, une copie a dû vous parvenir par mail.

— Merci, Madame.

Mignonnette se met à tourner dans l'étroite pièce comme un fauve en cage. Silencieuse et dangereuse. Puis elle s'assied enfin et invite le policier à faire de même.

— Vous n'avez plus de suspect en stock, donc vous vous tournez vers l'amant au prétexte que le mari lui aurait versé de grosses sommes… C'est bancal… Vous avez lu les journaux ?

— Je n'ai pas vraiment eu le temps…

— Le sang fait vendre. Pour le moment, les médias s'en nourrissent. Mais si Ferreira n'est pas coupable, c'est l'incurie de la police qui va remplir les unes. Le dénigrement de l'état est aussi un argument de vente.

Agacé, Levasseur serre les bras du fauteuil à en attraper des crampes.

— L'enquête a débuté il y a quatre jours, c'est quand même peu ! Mes gars se donnent à fond et explorent toutes les pistes. On ne va pas en exclure une sous prétexte que le suspect est peut-être innocent…

— Et l'héritière ?

Levasseur se mord la lèvre…

— Pareil : alibi béton.

Cette convocation au Palais avait pour but de mettre la pression sur Levasseur. Rien d'autre. Et c'est fait. Ni le policier ni la juge n'estiment donc nécessaire de continuer la conversation.

— J'en veux plus, capitaine. Et plus vite.

— Très bien, Madame. Nous allons redoubler d'efforts. Au revoir.

Pour ce soir tu peux te brosser, connasse. Je reste avec ma fille.

Chapitre XXII

Jeudi 22 novembre

— Monsieur Ferreira ? SRPJ. Je souhaite vous parler.

— Euh… Une amie qui m'était très chère est décédée hier au soir… J'essaie de faire mon deuil. Si vous pouviez revenir dans quelques jours…

— Vous aurez bien le temps de vous recueillir pour la veuve Delponte. Soit vous me parlez maintenant, ici, soit je vous convoque au Central.

Entre une audition à domicile et un interrogatoire chez les brutes, Ferreira n'hésite pas. Il invite le flic à s'installer sur un fauteuil au séjour, s'assied ensuite sur le canapé, quelques mètres plus loin.

— Expliquez-moi les grosses sommes qui apparaissent en face de votre nom sur le cahier du défunt Jean-Pierre Delponte.

Ferreira toussote, passe sa langue sur ses lèvres.

— Je… Je n'ai rien fait d'illégal… Jean-Pierre Delponte m'a demandé de déposer pour lui des enveloppes au guichet d'une banque de Zurich. J'ignorais ce qu'elles contenaient. Mais maintenant que vous m'apprenez l'existence de ce cahier… J'imagine qu'il s'agissait de liquidités, évidemment. Mais je vous assure que je n'en savais rien…

Guillaume déteste cette façon qu'ont parfois les gens riches de prendre les fonctionnaires pour des imbéciles. Il sent monter une flambée de colère, retient l'insulte et n'adopte un ton moqueur qu'in extremis.

— Pourquoi Monsieur Delponte n'allait-il pas à Zurich lui-même ?… J'ai trouvé : il craignait l'avion, c'est ça ? Ne vous foutez pas de moi ou je vous colle en garde à vue.

— D'accord… Bien sûr, je savais que c'était de l'argent. Mais je vous jure que j'ignorais tout du détail des transactions et que je ne touchais aucune commission.

— Quand vous êtes-vous rendu en Suisse pour la dernière fois ?

— … hum… J'en suis revenu vendredi.

— Vous y avez fait quoi ?

Ferreira baisse les yeux, sa voix faiblit.

— J'ai récupéré quarante mille euros... en espèces... Et je les ai ramenés à Jean-Pierre.

— Eh bien voilà ! Quand vous voulez, on progresse... Et la fois précédente ?...

— C'était le mois dernier. J'ai juste remis un peu d'argent au guichet. J'en dépose, j'en ramène... rien d'extraordinaire... Jean-Pierre Delponte s'est toujours montré très amical avec moi. Je m'efforçais de lui rendre de menus services lorsqu'il me sollicitait. Inutile d'aller chercher midi à quatorze heures.

— Je vois... Madame Delponte appréciait elle aussi ces petits services, je suppose...

— Que vient-elle faire là-dedans ?

— Elle connaissait les arrangements que vous aviez conclus avec son mari ?

— Salir la mémoire d'une femme qui était encore vivante hier est une indignité... Je vous l'ai dit : j'essaie de faire mon deuil et je ne vous permets pas...

— Je me fous de votre autorisation. La financière passe les comptes de Delponte au peigne fin. S'il y a un lièvre à lever, il finira en civet. Donc, si vous voyez autre chose à me raconter, c'est maintenant qu'il faut le faire. Parler plus tard reviendrait à reconnaître que vous avez essayé de m'embrouiller, ce qui me mettrait de très mauvaise humeur.

Le silence s'installe, Ferreira semble avoir terminé ses aveux.

Guillaume décroche, il reviendra à la charge plus tard. Ramassant sa veste, il dépose sa carte sur la table basse.

— On se reverra bientôt pour une déposition complète. Je compte sur vous pour ne pas quitter Toulouse sans me prévenir.

Puis il sort sans saluer le concessionnaire. Passé le portail, il se dirige vers une camionnette au bout de la rue, la contourne et entre par la porte arrière.

— Salut Wilfried. Pas trop chiante, ta planque ?

— Pas pire qu'une soirée scrabble chez ma belle-mère.

— Bruno te relève quand ?

— Demain matin, 7 heures. Mais Rikou va passer me tenir compagnie.

— Pff... Bon courage à vous deux.

Guillaume lui donne une tape amicale sur l'épaule et quitte le sous-marin. Ni Wilfried ni lui n'ont remarqué la silhouette qui les épie discrètement, dans une voiture et le soir qui tombe.

Ferreira n'a pas attendu que le policier ait passé le portail pour se jeter sur son portable.

— Maître Roliot ?... Excusez-moi de vous déranger. C'est vraiment urgent.

Chapitre XXIII

Jeudi 22 novembre

Sophie a trouvé refuge pour deux nuits chez Céline, une amie qui l'a hébergée et consolée. Ce soir elle rentre chez son père… chez elle. Elle a mûrement réfléchi ses aveux mais elle a le trac. Son père sera déçu, forcément, mais elle ignore à quel point. Elle a prévu de lui annoncer de bonnes résolutions, mais elle ne sait pas si elles seront à même d'atténuer la peine paternelle…

Elle marche tranquillement sur le terre-plein central des allées Jean Jaurès. À quelques mètres derrière elle, un garçon aux cheveux blonds bouclés et à l'allure négligée, une écharpe dissimulant son mauvais sourire, progresse dans son sillage. Ses pas sont synchronisés avec ceux de Sophie. À peine plus amples que les siens, ils lui permettent de lentement s'approcher d'elle.

La fraîcheur de la nuit tombante la saisit aux mollets. Elle grelotte, serre sa jupe contre ses cuisses et courbe le dos sous les bourrasques du vent qui hurle et fouette ses oreilles. Elle accélère le pas, arrive devant un feu piéton rouge. Autour d'elle, une grappe humaine s'agglutine. L'homme a ramené l'écart entre eux à deux mètres à peine. En veste légère, il détonne un peu au milieu des passants enfouis dans leurs laines épaisses. Le feu passe au vert, occasionnant une bousculade. Dans cette courte confusion, la pointe d'un couteau s'enfonce dans le flanc de Sophie, une main l'agrippe par le coude. Elle se raidit :

— Qu'est-ce que…

— Ta gueule ou je te plante. Ne change rien, marche tranquille.

***

À une trentaine de mètres du carrefour des allées Jean Jaurès et du boulevard de Strasbourg, Levasseur adresse une insanité au feu rouge qui stoppe une nouvelle fois la circulation. Il supporte mal de se trouver empêtré dans le trafic, frappe son volant, peste sur les travaux qui durent depuis des mois, rage après la juge… Et, soudain, son regard accroche la silhouette familière de Sophie. Il tend le cou pour s'assurer qu'il s'agit bien d'elle, les yeux à quelques centimètres du pare-brise. C'est normal qu'il la trouve en chemin, après tout, ils vont au même endroit… Oui, c'est Sophie qui traverse la rive droite des allées en… donnant le bras à un homme… ?

***

La pointe du couteau au côté, Sophie s'arrête devant une camionnette blanche garée, warnings allumés, sur l'emplacement réservé aux bus. La porte latérale du véhicule s'ouvre, Sophie lâche son sac, agrippe le cadre de toit d'une main, la poignée de l'autre et hurle au secours. Mais l'agresseur brise immédiatement sa résistance. Il la projette à l'intérieur en la poussant violemment dans les reins, puis il s'engouffre derrière elle. La scène ne dure que trois affreuses secondes pendant lesquelles les rares témoins restent figés, bras ballants et yeux exorbités.

***

Levasseur réagit au quart de tour. Il quitte sa voiture et court comme un dératé malgré ses chaussures de ville, sous les insultes et les klaxons des autres automobilistes. Tête baissée, cœur et poumons en feu, les yeux rivés à la fourgonnette, l'adrénaline enflamme sa rage et ses capacités : il atteint son objectif en une poignée de secondes… et ses illusions s'évanouissent. L'échappement de la camionnette crache des nuages noirs et s'arrache dans le boulevard de Strasbourg en grillant le feu. Rugissement mécanique et traces de pneus sur le bitume. Elle disparaît en filant dans le couloir des bus.

À bout de souffle, Levasseur capitule. Il s'essuie le front de la manche, puis se penche, les mains appuyées sur les genoux. Sans se préoccuper des curieux, il essaie de reprendre sa respiration. Les badauds, excités à l'idée de se trouver au centre d'un événement qui demain paraîtra peut-être dans la presse locale, se rassemblent autour de lui à pas prudents. Une vieille dame bienveillante, courbée sur sa canne, s'enquiert de l'essoufflé :

— Monsieur ?… Tout va bien ?…

Levasseur ne fait pas cas. Il n'est que douleur et haine. Il ramasse le sac de sa fille tout en appelant le Central pour lancer une procédure d'urgence.

***

— J'ai pas d'argent, qu'est-ce que vous voulez ?

— Ta gueule, poufiasse ! vocifère son ravisseur.

Sophie se tait, se recroqueville en position fœtale par instinct de survie. Il l'a jetée sur le plancher de la camionnette, il l'immobilise d'un pied posé sur la tête. Elle entend deux autres voix à l'avant.

— Merde, qui c'est ce mec ? Pourquoi il nous court après, ce con ?

— T'occupe ! Appuie, bordel ! Y'a personne sur le couloir des bus !

La basket bleue qui maintient Sophie au plancher la libère pour permettre à son propriétaire de lui entraver les poignets dans le dos et de lui nouer un foulard sur les yeux. Elle est totalement à sa merci, il en profite pour la peloter, laisse libre cours à ses envies avec des gloussements pervers, passe une main sous son pull, arrache son soutien-gorge, atteint la peau… L'amygdale cérébrale de Sophie déclenche la sidération traumatique : elle ne peut plus parler, bouger, penser. Cette inertie énerve d'autant plus son violeur. Il glisse sa main sous sa jupe, mais le collant monté haut l'empêche d'aller où il veut. Alors il déchire le nylon, commence à baisser la culotte le long des jambes… Et l'homme à la place du copilote intervient :

— Merde, Marco, fous-lui la paix ! On n'est pas là pour ça !

Marco obtempère de mauvaise grâce, son regard sale se rabat sur la veste de Sophie dont il fouille les poches. Il la déleste d'un peu de monnaie puis émet un sifflement :

— Waouh, un portable à au moins 1 000 balles !

Il attrape la main gauche inerte de Sophie et place son pouce sur le lecteur biométrique de l'écran. L'appareil s'allume, Marco le fouille, trouve un jeu à son goût et entame une partie. Mais l'illustration sonore de *Super Mario Run* fait réagir son complice.

— Éteins ce putain de phone avant que les keufs nous repèrent !

— C'est des conneries, ils peuvent pas !

— Éteins-le, je te dis !

C'en est trop. Marco n'obéit pas, cette fois. Il

coupe le son, envoie un discret doigt d'honneur à son complice et continue à jouer en silence.

À l'avant de la camionnette, ses deux comparses ont retrouvé leur calme. Celui qui semble commander s'adresse au conducteur.

— Tourne là-bas, à droite, derrière les *récups 'verre*. On n'est pas loin.

La camionnette s'engage sur un chemin cahoteux. Sophie roule sur le plancher, puis un coup de frein la projette contre la paroi de tôle. Elle revient vaguement à elle. À l'intérieur du cauchemar.

— Allez, les gars, on se grouille.

Deux mains la soulèvent, la soutiennent pour la sortir du véhicule et lui faire mettre pied à terre. Elle chancelle, les jambes ankylosées et l'esprit embrumé. Elle cherche sa respiration, crache la poussière sur sa langue, lèche le sang qui perle de sa lèvre blessée.

— Magne-toi un peu, aboie une voix qu'elle ne reconnaît pas. On n'a pas que ça à foutre.

La jeune femme frissonne, glisse un pied timide vers l'avant, puis le second.

— Dépêche ! Y'a rien, devant toi. Je te dirai quand il faudra faire gaffe ; et puis je te tiens et, crois-moi, je vais pas te lâcher.

Haleine d'anis et de tabac. Sophie lève le menton, penche la tête avec une moue dégoûtée et essaie en vain de porter ses pas normalement.

— Attention aux marches ! Y'en a deux. Allez, grimpe et entre… Maintenant il y a un escalier devant toi. Tu descends et tu te casses pas la gueule, tu le sentirais passer.

L'odeur de moisi la cerne petit à petit. La volée de marches la dépose dans un endroit humide et froid. Une cave.

— Grouille-toi ! s'emporte son ravisseur en la frappant entre les omoplates. Avance !

Elle sursaute, manque perdre l'équilibre, rentre la tête dans ses épaules. Un deuxième homme les rejoint :

— Qu'est-ce que t'as raconté aux keufs, salope ?

— J'ai rien dit. Ils m'ont arrêtée, c'est vrai. Mais j'ai jeté les cachets dans la jardinière à côté de la station de taxis. C'était convenu comme ça. Les flics ils avaient rien contre moi, alors ils m'ont relâchée. C'est tout. Je vous jure que c'est tout !

La brute qui la soutient par le bras manifeste sa mauvaise humeur par un grognement sourd et un coup de poing dans les côtes. Sophie hurle, puis sanglote :

— Si j'avais eu le matos sur moi, ils m'auraient pas relâchée. Je suis dehors, c'est la preuve que je dis la vérité.

Une bourrade, dans l'épaule cette fois, la propulse à terre. Ses genoux plient, amortissent la chute. Mais ses mains liées dans le dos ne peuvent empêcher sa tête de heurter le sol. Une nouvelle plaie s'ouvre sur sa tempe. Sophie reste étendue sur le flanc, au milieu d'odeurs d'huile de vidange et d'essence. Dans la seconde, elle entrevoit mille supplices. Viol, scalpel, brûlure… Elle imagine son corps abusé, mutilé, réduit à l'état de viande dans une boucherie en self-service. Elle remonte ses genoux, les plaque sur sa poitrine. Ses pleurs se muent en tremblements convulsifs. Au milieu des ténèbres qui l'enveloppent, elle rassemble ce qu'il lui reste de force pour supplier.

— C'est la vérité, laissez-moi partir…

Une main saisit ses cheveux et lui tire la tête en arrière. Une autre la frappe sur la tempe, lui arrache un cri. La dernière chose qu'elle entend avant de perdre connaissance, c'est :

— Je sais que tu mens. T'as lâché le matos aux condés. Mais c'est pas grave. Il y a d'autres façons de nous rembourser, ma chienne.

Chapitre XXIV

Vendredi 23 novembre

Depuis le début de la planque, Rikou est resté stoïque derrière le pare-brise du sous-marin. En habitué de la pêche au gros, il sait poser son regard au loin sans ciller.

Rien n'a bougé autour de la haute bâtisse. Seul le lierre agrippé à la façade frétille dans le vent.

Wilfried bâille et s'étire, des fourmis plein les jambes.

— J'en peux plus de rester enfermé à imaginer la fille du boss entre les mains de va savoir qui… je vais faire un tour.

Il enfile son blouson, Rikou approuve d'un signe de tête et ose un conseil avant qu'il ne descende :

— Tu devrais mettre ton portable en silencieux.

Réponse lapidaire du jeune policier :

— Pas besoin, y'a plus de batterie.

— Et ne t'approche pas de la villa. En aucun cas.

— Te bile pas. Je suis pas fou.

Rikou tend le bras et vide le thermos pour un dernier café. Un coup d'œil à sa montre lui indique qu'il est cinq heures… et il en faudra deux à la relève pour arriver… Tout ce temps perdu… Ferreira n'a pas mis le nez dehors et la fille du patron a été kidnappée. Rikou imagine Ferreira blotti sous la couette et la gosse martyrisée par des brutes… Chienne de vie… Heureusement qu'Orchini a mis le paquet pour la retrouver… Il ferme les yeux, s'essaie à la respiration ventrale afin de mieux détendre sa carcasse athlétique et, peu à peu, se laisse gagner par une douce béatitude…

Dehors, Wilfried est revigoré par le froid. Il prend soin de rester à couvert derrière une haie fournie et s'aventure plus près du domicile de Ferreira. Il s'avance, le cou tendu, aux aguets. La rue, éventrée pour cause de travaux, est peuplée de créatures monstrueuses au milieu de nids-de-poule. À quinze mètres de la maison, un réverbère brumeux dessine une ombre étrange qui découpe la porte d'entrée. *Elle est entrouverte... Et si*

Ferreira avait abandonné sa villa en douce ? Wilfried se retourne vers la camionnette et signale par gestes à Rikou, invisible derrière son pare-brise fumé, qu'il va pénétrer dans la maison. *Faut que j'en aie le cœur net.* Wilfried se courbe, gagne la porte et finit de l'ouvrir sans bruit d'une légère pression du pied. Le domicile est plongé dans une semi-pénombre. Un décorateur a disséminé de minuscules veilleuses au gré des tableaux, des vases chinois et autres bibelots précieux à mettre en valeur. Wilfried finit d'inspecter les lieux, juge la voie libre jusqu'à un escalier. Un quart tournant, large et spacieux, avec une rampe de fer forgé... Et des bruits dégringolent de l'étage. Des placards que l'on ferme, de tiroirs que l'on pousse, des caisses que l'on traîne au sol. Il s'immobilise. *Ça m'étonnerait que le proprio déménage en pleine nuit...* Wilfried dégaine son arme et s'approche de la première marche qu'il effleure du pied. *De la pierre, pas de craquement possible.* À pas de loup, le policier monte et se fige à trois degrés du palier. Maintenant, il regrette de n'avoir jamais pris au sérieux les séances de tir. Dos au mur, le cœur battant, sa main se crispe sur la crosse de son arme. Il tend l'oreille, l'oriente à la manière d'un radar, à l'affût du meilleur angle d'écoute possible. *Et Rikou ? Qu'est-ce qu'il attend pour se pointer ?* Wilfried cherche à percer la pénombre qui règne à l'étage. Soudain, une ombre furtive se découpe sur le mur du couloir. Cédant à un début de panique, Wilfried bat en retraite et dévale l'escalier. Dans sa course, il trébuche. Son arme lui échappe. Il dégringole et atterrit sur le carrelage. Il gît sur le dos, les bras en croix, les reins mâchés et la hanche meurtrie. Alors qu'il peine à se relever, une balle éclate le pied d'un fauteuil à deux mètres de lui. Pas de détonation. Juste un petit *flop*... Puis un deuxième. Plus près mais trop loin encore. Le prochain tir pourrait atteindre son but. Il faut réagir, se ressaisir, sauver sa peau. En claudiquant, la peur au ventre, il court sans réfléchir se cacher à l'autre extrémité du couloir. Sa hanche le brûle. *Putain, Rikou, mais t'es où ?* Wilfried avise une porte pâle dans la presque obscurité, il s'y précipite en traînant la patte. Un escalier plonge vers un noir plus abouti, il en dévale les marches. Une odeur de salpêtre se dégage des parois. Maudissant Rikou qui n'arrive toujours pas, il avance à tâtons vers le fond d'une potentielle cachette. Sa cheville le lâche, il perd l'équilibre, sa tête heurte l'angle d'un mur. Vertige. Il s'affale. Sous lui il devine un corps, flasque et inerte. Une odeur âcre à vomir emplit ses narines. Il entend des coups de feu claquer au rez-de-chaussée, puis il sombre.

Chapitre XXV

Vendredi 23 novembre

C'était il y a si longtemps…

Elle est installée sur ses genoux. Elle a posé les coudes sur le bureau et pris sa tête dans ses mains. Bouche bée, elle admire les chœurs de l'Armée rouge sur l'écran de l'ordinateur. *Kalinka* et *Katiusha*. Par intermittence, elle part d'un petit rire dont il se régale et qui fait à peine trembler son menton… Bruno plus jeune, plus vif. Il l'appelle *ma Merveille*, ne se préoccupe que d'elle, de cette vie miniature assise sur ses genoux, avec son petit corps si précieux, si léger. Lorsqu'elle remue pour se mettre à son aise, il la sent à peine. En fermant les yeux, il hume son cou, l'embrasse et goûte sa peau de bébé. Du bout des lèvres, sans même les desserrer, il lui susurre des tonnes de *je t'aime*. Des mots qu'elle semble ne pas entendre et qui la laissent indifférente. Elle est ailleurs, lointaine, secrète, presque transparente. Absorbée par les chants et les danses. Elle gazouille : *Kalinka, kalinka, kalinka moya*... Elle s'extasie devant les uniformes irréprochables et les costumes folkloriques aux couleurs éblouissantes. Lui, caresse son dos menu et ses épaules frêles. Il effleure le fruit de sa chair, l'être qu'il aime le plus au monde. Il la dévore des yeux lorsqu'elle quitte ses genoux, place un avant-bras sur l'autre et remue en cadence ses petites jambes. Elle s'envole pour danser le Kazatchok comme les grands. Il se penche, cherche à l'embrasser... ne rencontre que du vide. Il essaie de nouveau. Sans succès. La fillette s'agite au rythme d'une musique qu'il n'entend plus. Il ne perçoit plus ses rires. Ses doigts n'effleurent plus sa peau. Tout devient vague, de plus en plus nébuleux. Il appelle. Sans succès. Il crie, pousse une plainte d'animal blessé. Un hurlement de bête jaillit de ses entrailles et déchire le silence. Sa nuque se crispe et ses mâchoires se bloquent. Séverine se réveille en sursaut, elle agrippe son amant par les épaules, le ramène à la réalité.

— Calme-toi, c'est un cauchemar.

Levasseur se redresse d'un coup, hagard, le front en nage.

— Qu'est-ce que… Sophie…

— Séverine le serre contre sa poitrine.

— On va la retrouver, je te le promets.

Bruno reprend peu à peu sa respiration, jette un œil las sur la table de chevet où un tube de sédatifs côtoie une demi-bouteille d'eau, ferme les yeux et cale son visage contre l'épaule de sa compagne.

— Désolé, articule-t-il dans un effort, je crois que je ne pourrai pas dormir tant que je n'aurai pas de ses nouvelles. Même le Lexomil n'a pas beaucoup d'effet.

Orchini a chapeauté l'opération : des agents explorent la vidéosurveillance du réseau autoroutier à dix kilomètres à la ronde. Partout, des motards de la gendarmerie se tiennent prêts à intervenir. Les indics sont prévenus, les collègues ont mis la pression dans le moindre bistrot. Mais qu'importe : Bruno est perclus d'angoisses. Séverine lui caresse le dos comme elle le ferait pour un enfant…

— Je suis avec toi.

Petit à petit, il recouvre son calme. Il s'écarte,

hoche la tête, se frotte les yeux, puis lâche :

— Merci. Je vais me doucher. Quelle heure est-il ?

— Cinq heures. Je prépare le petit-déj'. De toute manière, on va pas se rendormir.

Chapitre XXVI

Vendredi 23 novembre

Au petit matin, à la suite de Rikou, Guillaume descend les marches qui mènent au sous-sol. Immédiatement, la puanteur l'assaille. Un relent fétide, reconnaissable entre tous, qui s'accroche aux vêtements. D'un geste machinal, il brosse le revers de sa veste avec ses ongles, comme pour en épousseter les miasmes. Au bas de l'escalier, il se pince le nez mais ne peut empêcher la puanteur de s'infiltrer jusqu'au fond de sa gorge et d'attaquer ses poumons. Les lieux sont imbibés d'une telle pestilence qu'il sait ce qu'il va découvrir. Une porte de fer entrouverte les sépare de la cave. Rikou la pousse du pied, elle grince sur ses gonds. Il désigne le cadavre du menton :

— Voilà ce que j'ai découvert en entrant ici.

Wilfried était étendu à côté, inconscient. J'ignorais qu'il s'était risqué à l'intérieur. Il est sorti se dérouiller les guibolles. Comme il était pas de retour après une dizaine de minutes, j'ai eu un mauvais pressentiment. Je l'ai cherché autour de la maison, puis je suis entré aussi. J'ai été accueilli à la pétoire avec modérateur de son, ça crépitait comme du pop-corn. Puis, d'un coup, plus rien, j'ai juste entendu une voiture démarrer par là-bas. Sans cesser de parler, il montre du doigt le jardin à l'arrière de la maison. J'ai pas suivi, j'ai d'abord pensé à Wilfried. J'ai fouillé les lieux et j'ai trouvé la porte de la cave ouverte. Voilà…

Guillaume cesse d'avancer, se frotte la base du nez. Ses intestins se crispent. L'éclairage consiste en un plafonnier central, la pièce n'est percée que d'un seul vasistas dont la vitre sale donne sur le jardinet arrière. Au pied de l'établi, étendu sur le côté, un corps complètement dénudé est tailladé et marqué de nombreuses traces rougeâtres. Guillaume les identifie sans difficulté, ce n'est pas la première fois qu'il voit des brûlures de cigarette. En se penchant sur le visage tuméfié, le lieutenant observe que les yeux, encore grands ouverts, conservent l'expression d'une intense terreur. L'estomac au bord des lèvres, il retient des spasmes puis s'adresse à Rikou au travers du mouchoir qu'il vient de poser sur sa bouche.

— S'il te plaît, aère, c'est l'horreur… Tu l'as trouvé quand, exactement ?

— Il y a environ une heure, je t'ai appelé juste après l'ambulance. Il ouvre le vasistas et secoue la tête, les yeux dans le vague, à la recherche de détails… mais rien ne lui revient en mémoire.

Guillaume range son mouchoir et remplit son carnet d'une écriture fine et serrée. Puis il conclut :

— Je contacte et j'attends la scientifique. Toi, tu devrais aller à l'hosto pour rendre visite à Wilfried, le réconforter et prendre sa déposition quand il sortira du coaltar.

— OK. À plus tard.

Pour la deuxième fois en moins de trois jours, Guillaume doit annoncer un homicide à son capitaine… Ses observations consignées, il remonte au rez-de-chaussée, traverse la maison et gagne le jardin à la recherche d'un bol d'air frais. Il remplit et vide profondément ses poumons plusieurs fois, et empoigne son téléphone. Levasseur décroche dès la première sonnerie. Avec un peu de chance, il le félicitera pour sa façon de ne rien laisser au hasard.

— Patron, c'est Guillaume.

— Je t'écoute.

— C'est super moche : lacérations et brûlures de clopes sur tout le corps, et je crois que ses artères fémorales ont été sectionnées à l'aine.

— … Quoi !?!

— J'ai fait le nécessaire, j'attends la scientifique.

— … Putain, Guillaume… de qui tu parles ?

— … Ben de Ferreira… … Bruno ? Tu es toujours là ?

— Mais quel con ! Guillaume, t'es con à bouffer des briques !

— … Ha, ouais, j'avais pas pensé qu'il pourrait y avoir confusion… désolé, patron… Hum… Sinon, Wilfried a été blessé mais plus de peur que de mal. Et, surtout, devine ce que Ferreira porte autour du cou.

Levasseur n'a pas besoin d'en entendre plus. Alors il raccroche et file aux lavabos se passer de l'eau froide sur le visage. Il s'observe dans le miroir comme s'il se voyait pour la première fois. Ses rides sont plus apparentes et ses joues plus creuses qu'il ne le pensait. Il a pris dix ans en une nuit.

Chapitre XXVII

Samedi 24 novembre

Le négociateur fait les cent pas autour du fourgon du RAID[8] en attendant de savoir s'il aura à intervenir. Pour ne pas être repérés, les policiers ont laissé leur véhicule un peu plus loin dans le quartier. Sanglés dans leurs uniformes sombres, ils avancent en file indienne jusque devant la villa. Pas de chien, ni d'alarme, ni d'éclairage extérieur. D'un geste, Orchini, resté en civil, donne le signal. Deux policiers se détachent de la colonne et se placent contre la camionnette blanche, arme à la main. Ils plaquent l'oreille contre le véhicule : pas un bruit. À leur signal, le reste de la brigade s'avance rapidement et en silence. Puis le policier de tête stoppe

8. Recherche, Assistance, Intervention, Dissuasion. Unité d'élite de la police française.

net sur le palier et lève le poing serré. Ses hommes s'immobilisent le long des murs, de chaque côté de la porte d'entrée. De la musique étouffée sort de la villa, elle est donc à plein volume à l'intérieur. Les occupants du lieu continuent de faire la fête à 5 heures du matin, inconscients de ce qui se trame au-dehors : l'attaque est imminente. Une main exerce une pression sur la poignée de l'entrée. Fermée à clé. Répondant à une demande muette du chef de groupe, un agent s'avance, muni d'un bélier. Au premier coup, la porte éclate, saute de ses gonds. Un panneau va se fracasser contre une vitrine qui vole à son tour en éclats. Du verre est projeté dans tout le hall. Les policiers d'élite investissent les lieux en quelques secondes et en hurlant. C'est la sidération qui est recherchée. Le meilleur moyen de tétaniser les ravisseurs, de les empêcher de réagir et de réfléchir. Le premier flic fonce vers la pièce la plus éloignée, renversant au passage un Dionysos de marbre qui rejoint par terre les restes des bibelots de la vitrine. En pénétrant dans le séjour, il hurle : à terre ! Un homme se pétrifie et lâche son verre qui éclate sur le carrelage, un autre tente de s'éclipser mais trébuche dans sa fuite et s'affale face contre terre, un troisième baisse les yeux et lève les bras. Trois policiers les plaquent au sol et entravent leurs poignets, d'autres effectuent une reconnaissance des lieux.

Orchini s'accroupit à côté d'un des malfrats et lui redresse la tête en la tirant par les cheveux. Il est calme, presque bienveillant, son accent corse donne une étrange intensité à sa tirade :

— Si tu craches le morceau, la juge en tiendra compte. C'est le premier qui parle qui a droit au picotin, pas les autres. Je vais te poser la question une fois. Si tu réponds pas, un de tes potes en profitera… Attention, c'est maintenant : où est la fille ?

Le ravisseur hésite cinq secondes. Puis :

— La porte coupe-feu dans l'angle de la cuisine… Au fond de la cave, derrière les palettes.

Le Corse abandonne le type à un policier du RAID et se précipite vers l'encoignure. Il défonce la porte plus qu'il ne la pousse, descend l'escalier, traverse le cellier… Le petit con n'a pas menti. Contre un mur, deux palettes dissimulent mal une ouverture à peine assez large pour s'y tenir accroupi. Orchini s'agenouille devant Sophie bâillonnée et ficelée comme un rôti. Il tire un couteau de sa poche et tranche ses liens.

— Je suis là, c'est fini.

Chapitre XXVIII

Samedi 24 novembre

Bruno a passé la nuit chez Séverine. Encore une fois sans fermer l'œil. Seul chez lui, il aurait sûrement défoncé le vaisselier ou le meuble télé... Séverine l'apaise. Elle sait trouver les mots... Mais, tout à coup, Bruno n'a plus besoin de réconfort. Son portable s'affole sur la table de nuit. Texto : *On a logé les ravisseurs, donné l'assaut, récupéré Sophie. Elle est choquée mais, physiquement, ça va. Juste une marque de piqûre suspecte au creux du bras. Une ambulance vient de la charger et l'amène à la clinique du Château Vert.*

— Sève, Orchini a retrouvé Sophie. Habille-toi, on se casse.

Essoufflé d'avoir monté les marches quatre à quatre, Bruno pénètre dans la chambre de Sophie sans frapper. Séverine préfère le laisser seul avec sa fille dans un premier temps. Et puis elle veut discuter avec le médecin qui s'est occupé d'elle.

Seul le visage enturbanné de la gosse dépasse des draps, elle semble endormie.

— Ma chérie… Tu m'entends ? C'est papa…

Sophie entrouvre les paupières et les referme aussitôt. La présence de son père la sécurise, la renvoie paisiblement dans les bras de Morphée. Rien d'équivalent pour Bruno, malgré le soulagement. Ses mâchoires restent crispées, il est envahi d'envies de meurtre, accablé par le contrecoup de sa peur… Sa rage le pousse à tourner en rond au pied du lit, il échoue à contenir ses larmes. Séverine entre dans la chambre, il parvient malgré tout à lui parler calmement.

— Merci. C'est bon que tu sois là.

— C'est juste normal. Le Château Vert est le meilleur établissement de la région pour la pharmacodépendance. Comme les ravisseurs ont *shooté* Sophie à l'héroïne, les pompiers l'ont amenée directement ici. Elle pourra quitter l'hôpital ce soir. Une signature à l'accueil et le week-end nous appartient. Tu sais qui est le médecin responsable ?

— Pff… Ségala ?

— Tu crois qu'on peut lui faire confiance après la façon dont on l'a traité ?

— Et le serment d'Hippocrate, alors ?

Bruno a lentement retrouvé la paix. Pas le sourire. Il observe le paysage à travers la fenêtre. Arbres nus, ciel d'hiver… Faire face. Faillir serait insupportable… Comme au sortir d'un sommeil régénérateur, il dit à Séverine :

— Je te la confie. Dès qu'elle sera sur pied, tu l'emmènes au vert pour le week-end dans notre maison de campagne. Je t'envoie l'adresse par SMS. Tu trouveras la clé dans le seau au-dessus du puits. Je vais faire un point avec les autres. Je te brieferai ensuite.

Après un baiser sur le front de sa fille et un autre sur les lèvres de sa maîtresse, il quitte la chambre.

Passe une heure…

— Papa ?

Séverine se retourne vers Sophie et la découvre sereine. Les effets de la drogue achèvent de se dissiper, elle s'est redressée sur sa couchette.

— Il est parti travailler, ma chérie. Ne crains

rien, je reste avec toi. Tu veux quelque chose ? Tu as faim ? Soif ?

Sophie la remercie dans un sourire.

— Non, merci. J'ai juste envie de partir d'ici. Finir cette sale histoire, dit-elle d'une voix faible.

La policière contourne le lit et s'assied sur le bord. Penser aux sévices qu'a dû subir Sophie la met mal à l'aise. Elle en a entendu, des témoignages sordides, des histoires de pervers qui ont saccagé des vies… Mais aujourd'hui elle connaît la victime. Pas de mise à distance possible, les émotions frappent de plein fouet.

— Si tu te sens suffisamment en forme et si tu en as envie, tu peux me raconter ce qui t'est arrivé. Je prendrai des notes et je mettrai tout au propre ensuite, au bureau.

Sophie hésite. Elle aime Séverine, elle lui fait confiance et elle a besoin de se confier… mais les plaies sont vives.

— Je suis encore un peu abattue… plus tard je te dirai tout, promis.

— Pardon d'insister mais il vaut mieux s'y mettre tant que c'est frais dans ta mémoire…

— OK… Je vais essayer… essayer de ne rien oublier.

À mesure que Sophie avance dans son récit, sa voix gagne en assurance. Son débit augmente, elle semble donner de l'élan à ses mots pour mieux chasser l'angoisse. Elle s'arrête parfois pour respirer, mais enchaîne vite. Même sidérée, pétrifiée, inerte… rien ne lui a échappé. Ni les voix, ni les odeurs, ni les baskets bleues du dénommé Marco. Elle détourne le regard quand elle décrit ses doigts sur sa peau, elle frissonne au souvenir des éraflures de ses ongles, verse des larmes en racontant les mains sous son pull et entre ses cuisses… Séverine s'approche, caresse ses cheveux, et Sophie finit par éclater en sanglots.

— Pardon, je peux plus…

Séverine ferme son carnet, le pose sur la table de lit et prend Sophie dans ses bras.

— Pleure, ma chérie, ça fait du bien.

Chapitre XXIX

Lundi 26 novembre

Bruno traverse rapidement le parvis du Commissariat, le froid le mord malgré son manteau. Il salue le gardien, passe le portique de sécurité et pénètre dans l'ascenseur. *Ne te fais pas remarquer. Regarde par terre.* L'effervescence règne à l'étage. Les plus impatients des flics de nuit se dépêchent de partir. Ils ont assuré les urgences et sont pressés de retrouver leurs lits. D'autres prennent la relève, d'autres encore s'attardent et discutent devant la machine à café. La tête dans les épaules, le capitaine se dirige vers le fond du couloir. *Je n'avais jamais remarqué à quel point il était long et triste... Est-ce parce que je m'apprête à commettre un délit que mon univers habituel apparaît sous un autre jour ?* Une succession de portes bleu acier se découpe dans les murs de brique rouge, le nombre d'agents au mètre carré baisse fortement. Bruno trouve le lieu sans âme. Froid, lisse, fonctionnel. Il a l'impression de s'engouffrer dans un tube mal éclairé dont l'extrémité conduirait dans les entrailles de la Terre. Il marque un arrêt dans un renfoncement qui accueille une photocopieuse hors d'âge. Il met son téléphone en mode avion en se reprochant intérieurement d'avoir oublié de le faire avant d'entrer. Il reprend son chemin, la machine silencieuse à l'oreille. *Personne ne repère un mec en pleine conversation avec son portable. C'est le contraire qui serait atypique.* Juste avant d'arriver, Bruno risque un coup d'œil vers l'arrière. Personne à proximité, que des indifférents lointains. Le visage fermé, il retient sa respiration, fait les trois derniers mètres à pas de loup et pousse la porte de ce bureau qui n'est pas le sien. Vide. Il entre, reprend rapidement son souffle, puis commence à fouiller une série d'antiques classeurs remplis de documents en papier. Il trouve assez vite ce qu'il cherche : une chemise marquée de la mention *Sophie Levasseur*. Il l'ouvre sur le bureau, empoigne son portable, cadre la première page et déclenche l'appareil photo. Et la porte grince en s'ouvrant en grand. Il se retourne d'un coup. Tendu, fébrile, son cœur fait une pause et un voile noir passe devant ses yeux. Puis il se remet à battre et sa vue revient.

— ... Mais qu'est-ce que tu fous ici ?

Séverine comprend immédiatement que son amant s'active à quelque chose d'illicite. Elle se précipite, referme derrière elle et prend soin de parler à voix basse.

— Je t'ai vu passer en sortant des toilettes. Toi, tu m'as carrément pas remarquée. Tu marchais comme un zombie sous coke, les yeux dans le vide... J'ai failli t'appeler mais j'ai préféré me faire discrète. J'ai eu tort ?

Bruno grimace, se mord les lèvres, puis lâche :

— J'ai pas le temps d'entrer dans les détails, Orchini va arriver d'un instant à l'autre. J'ai juste un truc ou deux à vérifier. Maintenant que t'es là, faut qu'on accorde nos violons. Si on nous surprend... Eh ben on dit qu'on a été pris d'une envie urgente de s'envoyer en l'air et qu'on a choisi le premier bureau venu, OK ?

Sans attendre de réponse, Bruno reprend sa séance photo.

— Qu'est-ce que tu cherches ?

— Les identités des ordures qui ont enlevé Sophie. Je suis impliqué vu qu'il s'agit de ma fille et Orchini bosse aux Stups. Deux raisons qui peuvent le dissuader de me laisser consulter le dossier. Il m'a à la bonne, mais quand même… Alors, dans le doute, je prends des photos.

— Ton flash marche pas, tes clichés c'est du charbon la nuit.

— Ha merde !

La lieutenante écarte son patron.

— Laisse-moi faire. En plus, mon téléphone est supérieur au tien. Contente-toi d'écouter à la porte pour savoir si quelqu'un vient.

Séverine termine sa série de clichés en un tournemain et retourne faire le guet, laissant à Bruno le soin de ranger la chemise là où il l'a trouvée. Profitant de ce que sa maîtresse lui tourne le dos, Bruno choisit un stylo parmi les trois qui traînent sur le bureau. Une bille bleue qu'il a repérée au premier coup d'œil : celle qui a servi à remplir un formulaire où il projette d'apporter une *correction*. Il change un chiffre « 2 », mal tracé, en « 1 », ce qui transforme du même coup un « 24 » en « 14 ». Un jeu d'enfant vu l'écriture d'Orchini. Il vérifie rapidement ensuite que rien ne peut trahir leur incursion et rejoint Séverine qui leur ouvre la porte après s'être assurée que le couloir était vide. Levasseur s'appuie dos au mur, cale une cigarette entre ses lèvres sans l'allumer et fait mine d'attendre. Séverine, encore empourprée par leur forfait, se place face à lui et entame une conversation essentielle à propos du manque récurrent de papier dans les toilettes des femmes.

Orchini ne tarde pas. Le Corse tend une main virile aux deux enquêteurs et les invite à entrer.

— Asseyez-vous, je vais vous raconter. Mais comme tu es partie prenante dans cette histoire, Bruno, je préfèrerais ne pas te communiquer les détails du dossier. En tout cas pas encore. Tu ne m'en veux pas ?

Levasseur esquisse un sourire compréhensif, hoche la tête mais évite de croiser le regard de Séverine.

— Pas de problème, Paul. Je connais la règle.

Chapitre XXX

Lundi 26 novembre

Arnaud n'aime pas les pavés tactiles…

Il est assis à son bureau derrière une pile de dossiers qui jamais ne diminue. Sisyphe de la paperasse… Il attrape une chemise verte qui contient les informations qu'il a collectées à propos de la période *marseillaise* de Delponte, comme Levasseur le lui a demandé. Il y a beaucoup travaillé et tient à peaufiner la présentation qu'il doit faire à 16 heures devant l'équipe…

Arnaud n'aime pas les pavés tactiles. Il préfère les souris. Alors il en a connecté une en Bluetooth à son ordinateur portable. Sans le vouloir, en posant la chemise verte devant lui, il fait tourner la molette du rongeur. Et l'image à l'écran se trouve zoomée à

872,47 %… Une précision ridicule qui pixélise une zone réduite de la photo d'un médaillon et pousse Arnaud à ce commentaire solitaire : « La tache… » Arnaud *recule* alors jusqu'à un grossissement de 595,91 %. Puis 492,49… Et l'image se fait un peu plus intelligible : « Une tache, c'est jamais parfaitement circulaire. » Arnaud passe la demi-heure suivante à observer les trois clichés des médaillons avec un zoom à 336,37 %. Il repère des points noirs et ronds. Ce qu'il a pris pour des taches, de simples problèmes de numérisation… ce sont des trous. Les médaillons ont été percés d'infimes orifices. Pas n'importe où, bien sûr. Enfiévré par sa découverte, il tend brusquement la main vers le clavier pour taper *ctrl+p* et imprimer les clichés. Dans la précipitation, il renverse sa tasse qui contient un fond de café. Il essuie la table avec son chiffon à lunettes qu'il envoie ensuite dans la poubelle d'un geste irrité. *Tu es le meilleur, Arnaud. Tu vas encore les éblouir.*

***

À 15 h 57, en attendant que la réunion commence, Arnaud profite de l'oreille attentive de

Rikou, dont il connaît la défiance envers Guillaume, pour s'épancher.

— Regarde Guillaume. Il sait plus comment se faire mousser.

Deux stagiaires venues en renfort pour quelques jours incendient le commissariat sans le vouloir. Et Guillaume fanfaronne devant elles, mime des arrestations dont il se prétend le héros, accumule les plaisanteries gênantes…

Le capitaine entre, chacun prend place pour le briefing, le silence se fait. Le patron se montre plus démonstratif qu'à l'accoutumée.

— Bonjour et merci les gars. Merci pour votre soutien pendant ces dernières 36 heures, les pires de ma vie. Après un week-end au vert, ma fille est rentrée, elle va bien. À propos de l'affaire : les ravisseurs étaient des bras cassés comme on en fait peu. Ils ne se sont pas débarrassés du portable de Sophie, dont la géolocalisation était activée. Les repérer, prévenir la juge et monter l'opération de sauvetage n'a pris que quelques heures. Les Stups viennent de m'annoncer qu'un des baveux des ravisseurs tente le vice de forme : le procès-verbal mentionne le 14 novembre alors que son client a été arrêté le 24. Et il est pas exclu que ça marche…

Vous voyez à quoi tient la justice. Avant de laisser la parole à Arnaud, je vous signale que Séverine a eu la gentillesse de se proposer pour assurer la sécurité de Sophie, elle ne reviendra que demain.

Levasseur enchaîne devant une assemblée de sourires convenus.

— Nous ne possédons pas plus d'éléments sur le meurtre de Ferreira que sur les autres. Seul point nouveau : grâce à la façon dont les artères fémorales ont été tranchées, le légiste peut affirmer que l'assassin est gaucher. C'est peu, mais c'est déjà ça. De son côté, Arnaud a travaillé sur le passé de Delponte, quand il était encore à Marseille. Viens nous expliquer tout ça, s'il te plaît.

Et il tend le bras pour inviter le jeune policier à prendre place devant ses collègues.

Arnaud s'avance, remonte ses lunettes. Il ne peut s'empêcher de penser que s'il obtient des résultats, c'est grâce à l'analyse de traces infimes, grâce à ses bouquins, à son ordinateur… En son for intérieur, il est décidé : puisque son master de biologie le lui permet, il va demander sa mutation à la Scientifique…

— Avec ta permission, patron, j'ai des choses à dire avant d'évoquer le passé de Delponte.

— Vas-y, je t'en prie.

— Premier point : j'ai repéré un problème de *time-code* sur la vidéosurveillance de la clinique. Deux pauses de 10 secondes à 18 minutes d'intervalle. Le temps nécessaire pour quitter l'ascenseur et entrer dans le bureau, puis d'en sortir pour reprendre l'ascenseur. Il faut avoir accès à la salle vidéo et un minimum de savoir-faire pour réaliser l'opération… Deuxième point…

Arnaud tousse, racle sa gorge, chasse difficilement un chat…

— Accouche, on va pas y passer la nuit.

Arnaud s'encolère intérieurement : *ce con de Guillaume est infect. Il supporte pas qu'un autre soit au centre des attentions... Surtout pas devant les deux stagiaires... Pauvre type... Oui, à la première occasion, je demande ma mutation à la scientifique.*

— … J'ai aussi enfin obtenu des résultats sur les médaillons. En les examinant de près, j'ai constaté que chacun des trois présentait de minuscules trous à différents endroits : trois pour Jean-Pierre Delponte, front et mains ; un pour Marie-Hélène Delponte, à la place du cœur ; deux pour Ferreira, dans les cuisses. J'ai une interprétation, pour ces trous. Elle est capillotractée mais elle a le mérite d'exister : Delponte a reçu trois balles, entre les yeux et dans chaque paume, la tête et les mains, l'intelligence et le savoir-faire. Marie-Hélène Delponte a succombé à un écrasement thoracique, c'est donc son cœur qui a été atteint. Et Sébastien Ferreira s'est vidé de son sang suite à la section de ses artères fémorales. Or il était porteur de valise pour Delponte… Bref : on a la tour de contrôle, le palpitant et les guibolles. Le cœur de Marie-Hélène était, de surcroît, partagé entre son mari et son amant. Et si l'homme de Vitruve compte quatre jambes et quatre bras, il ne possède qu'un seul buste…

— *Capillotractée*… Tu parles… c'est carrément du grand n'importe quoi.

— Merci pour ta positivité, Guillaume. J'attends tes propositions d'interprétation, maintenant que j'ai fait le boulot d'analyse.

Levasseur lève les bras en signe d'apaisement, histoire d'éviter que les jeunes coqs ne s'étripent.

— Guillaume, basta. Continue, Arnaud.

— J'ai fini à propos des médaillons mais j'ai encore du biscuit en ce qui concerne l'ancienne vie de Delponte. J'ai appelé mon beauf, à Marseille, il m'a envoyé un pdf assez complet. L'histoire :

Benjamin Penaveyre, un minot d'une vingtaine d'années, est hospitalisé pour une fracture ouverte de la jambe. Il subit une dizaine de prises de sang en six jours, une intervention qui se passe mal, et finit par sortir les pieds devant de la clinique. La famille porte plainte contre le toubib : Delponte. Elle dénonce ses conclusions : *septicémie foudroyante*. L'affaire défraie la chronique, à l'époque. La famille Delponte déménage et s'installe à Toulouse, le jeune Ségala, qui vient de quitter Maria Dolores Villalonga pour se fiancer à Florence Delponte, est dans les bagages.

— Elle a donné quoi, la plainte ? Je suppose que Delponte s'en est tiré, puisqu'il a continué à exercer…

— Exact. L'affaire a été classée, il y avait pas assez de preuves. Et puis Delponte était un mandarin et la famille Penaveyre avait pas une thune. Alors leur baveux leur a déconseillé de faire appel, histoire d'éviter une condamnation pour procédure abusive. *Selon que vous serez puissant ou misérable…*

Silence dans la salle. Arnaud se rassied, plonge dans l'observation du bout de ses doigts.

Rikou profite de la pause pour hasarder son avis.

— Je trouve qu'on ne se préoccupe pas assez de la fille Delponte. Elle hérite quand même de ses deux parents, c'est un jackpot magnifique… Et si elle les avait butés en faisant de Ferreira une sorte de dégât collatéral destiné à brouiller les pistes ?

— Elle a signalé l'existence d'un demi-frère, ça rend l'héritage moins attractif, répond Bruno.

— Oui mais elle ne connaît même pas son nom, et l'acte civil de Jean-Pierre Delponte ne mentionne qu'un seul enfant reconnu : elle. Si ça se trouve, elle l'a inventé, le frangin, justement pour qu'on se dise que l'héritage n'est pas si imposant. Et puis elle est antiquaire : récupérer une série de vieux médaillons en céramique ne lui pose peut-être pas trop de problèmes…

À voir les visages se figer, Rikou comprend qu'il a fait mouche. Levasseur fronce les sourcils, les yeux dans le vide. Arnaud hoche lentement la tête en signe d'approbation.

— Bon, intervient Levasseur, une nouvelle entrevue avec elle sera la bienvenue.

Puis, en désignant Arnaud de l'index :

— Tu vas interroger la gouvernante des Delponte dès demain, comme convenu. Je crois qu'on a à gratter de ce côté-là aussi.

L'intéressé ne contient pas sa fierté. Le patron a mouché Guillaume et vient de lui manifester sa confiance en public.

Au fond je suis pas si mal, ici. La Scientifique attendra encore un peu.

Chapitre XXXI

Mardi 27 novembre

Arnaud ralentit en entrant dans le centre-ville castrais, réduit encore sa vitesse à l'approche de la place Jean Jaurès, ne trouve à se garer qu'au parking des Berges. Partir tôt de Toulouse lui a permis d'éviter le gros de la circulation, il est en avance. En attendant 9 heures, il entre dans un bistrot au bord de l'Agout. Il y commande un café qu'il sirote avec quelques ouvriers en bleu et des cadres en cols blancs. *Le jus est bien supérieur à celui du Central... mais c'est pas difficile.*

À 9 heures, il se rend chez le fils Villamir, un petit collectif de trois étages qui se tient à distance raisonnable de la chaussée. Façade moderne où l'acier poli et le verre flamboient au moindre rayon.

À quelques mètres, Arnaud remarque un arrêt de bus et un supermarché. Pour un étudiant, avoir l'essentiel à portée de main dans un quartier aussi bien situé, c'est du luxe. Le policier s'agace mentalement : *les loyers doivent coûter un bras, ici. A priori, c'est pas dans les moyens d'une domestique...* Il avise l'interphone et appuie, une voix féminine répond. Arnaud sourit : elle est bien là. Il s'annonce, évite l'ascenseur et avale trois étages sans effort. Une femme attend dans le couloir devant une porte ouverte.

— Madame Annelise Villamir ?

— C'est moi, répond-elle étonnée.

Un fond de teint discret atténue quelques rides qui filent sur le front de la gouvernante. Elle est sereine, observe Arnaud avec un regard aussi calme qu'une pleine lune sur une mer d'huile. Mais ce ne serait pas la première fois qu'une façade lisse cacherait un esprit tortueux. Arnaud exhibe sa carte barrée de bleu blanc et rouge.

— Officier Arnaud Laplace, Police Judiciaire. Je peux entrer un instant, s'il vous plaît ?

Annelise s'efface, il entre et détaille rapidement le large couloir. Agrémenté de photos extraites de l'univers *Star Wars*, il donne l'impression d'une salle de cinéma en modèle réduit… qui débouche sur un salon. Annelise Villamir désigne un fauteuil à Arnaud, puis se dirige en silence vers le coin cuisine. Elle en revient immédiatement avec un plateau chargé de quelques biscuits, d'un sucrier et deux tasses.

— Le café est encore chaud, j'allais le boire.

Sans autre commentaire, elle sert le policier et s'assied face à lui.

— Mon fils dort. On lui a retiré un mélanome, je veille sur lui. Le rôle d'une mère, vous comprenez.

Puis elle se redresse, comme rappelée à l'ordre.

— Désolée, je vous écoute…

— Je suis là pour un complément d'enquête, quelques questions de routine. Vous vous entendez bien, avec Madame Delponte ?

— C'est difficile à savoir, avec son employeuse… Je suppose que oui…

— Quand l'avez-vous vue pour la dernière fois ?

Elle réfléchit quelques secondes avant de répondre :

— Mardi, à la fin de mon service, entre 16 heures et 16 heures 30. Ensuite j'ai roulé jusqu'ici. Mon fils venait de quitter la table d'opération. Il est arrivé quelque chose à Madame ?

Le patron est quasiment sûr de l'avoir vue devant chez sa patronne mardi à 18 heures... Elle est en train de me jouer de la flûte...

— Êtes-vous revenue à Toulouse, depuis ?

— Non. Je suis restée auprès de Valentin. C'est encore un enfant, vous savez.

Arnaud considère un instant la pièce autour de lui. Elle est agencée avec du mobilier de qualité. Depuis les luminaires jusqu'au plancher en bois naturel, en passant par un téléviseur grand format à écran incurvé, tout prouve que l'argent ne manque pas...

— Le loyer ne doit pas être donné, ici.

— Mon fils a l'usufruit de cet appartement. Son père et moi l'avons acheté pour ses études, quand il a décidé de devenir ingénieur *e-santé*, comme ils disent. Il n'y a pas de cursus pour ça, à Toulouse. L'école est ici.

Devinant les interrogations du policier, Annelise prend les devants :

— Mon modeste traitement est loin de suffire, vous vous en doutez. C'est surtout le père de Valentin qui l'a aidé. Il pourvoit aussi à ses frais de scolarité.

Arnaud s'apprête à donner une autre orientation à

ses questions quand la porte de la chambre s'ouvre. Un jeune homme passe la tête, l'air à moitié endormi. Il s'adresse à sa mère d'une voix pâteuse.

— Avec qui tu parles ?

Elle sursaute.

— Retourne te coucher, tu dois te reposer.

Mais il s'approche du policier et tend la main.

— Valentin Villamir, enchanté.

— Arnaud Laplace, officier de police judiciaire.

En haut du visage carré de Valentin, Arnaud remarque un front large et les pupilles bleu-gris. Leur léger strabisme le frappe comme une évidence. Il cache son trouble sous un sourire de façade, Valentin retourne dans sa chambre et Annelise revient à la charge, la voix légèrement cassée.

— C'est grave, pour Madame Delponte ?

Arnaud n'a plus le choix, il lâche un demi-mensonge.

— … Elle est décédée dans un accident de voiture.

Annelise Villamir accuse le coup. Elle s'apprêtait à finir son café mais y renonce. Tout indique que la nouvelle l'accable : ses traits se tendent, ses épaules se tassent. Elle reste un instant sans voix, Arnaud en profite pour mettre fin à l'entretien avec enthousiasme. Le plus jeune flic de la brigade se lève, range son carnet et prend congé, persuadé d'avoir flairé une bonne piste. Une fois de plus.

— Merci de votre coopération, Madame Villamir. Si nécessaire nous reviendrons vers vous.

Arrivé au pied de l'immeuble, il frappe le mur de la paume en signe de victoire. *Le plus vieux mobile du monde !... Pas de doute, je suis en train de résoudre l'affaire à moi tout seul... J'ai bien mérité une gamelle aux frais du SRPJ et on n'est pas à la minute. J'appellerai le boss après le déjeuner. Depuis le temps que j'entends parler de la fricassée de poulet castraise...*

Chapitre XXXII

Mercredi 28 novembre

Au milieu de la nuit, dissimulé sous un casque intégral aussi sombre que sa moto, le pilote remonte la rue à faible vitesse, se contentant de jeter, par intermittence, un rapide regard derrière lui. Des blocs de béton installés le long des trottoirs protègent les travaux en cours. *Personne en vue. C'est le meilleur moment.* Abandonnées à la nuit silencieuse, des machines imposent leurs carcasses inertes comme autant de spectres d'acier. Les énormes tuyaux du tout-à-l'égout encombrent le bord de la chaussée. L'obscure silhouette fait corps avec son engin, se faufile entre les nids-de-poule et remonte, toujours sans hâte, la rue défoncée. Des miaulements de chats errants accompagnent le ronronnement du moteur.

***

Au quatrième et dernier étage d'un immeuble défraîchi, un homme sort de sa douche. Enveloppé dans un peignoir en éponge, il essuie le miroir de sa buée et admire son image. Il apprécie l'ovale de son visage, la blondeur des boucles qui l'encadrent et les fossettes marquées de ses joues. Il passe les mains dans ses cheveux, du front vers la nuque, se sourit et étire ses épaules vers l'arrière. Rien de tel qu'une bonne douche après avoir baisé une pute. *Et je suis libre parce que mon avocat a niqué les flics. 24, pas 14 !* Et il éclate de rire à s'en décrocher la mâchoire. Une fois rassasié, il tend la main vers l'armoire à pharmacie et entreprend les soins du visage.

***

Cette nuit de fin d'automne, froide et humide, tisse un rideau de tristesse sur des HLM taguées. Même l'odeur conviviale des cheminées n'arrive pas à rendre un semblant de vie à l'atmosphère. Tous feux éteints malgré le crachin nocturne, la moto se dirige vers le centre du quartier où quelques maisons individuelles tentent de renforcer leur standing en étalant des jardinets soignés. *Tu as tout le temps, il n'est que 3 heures. Tu seras bientôt arrivé.* L'avenue est égayée par une poignée de lampadaires, bordée d'immeubles de bureaux. La moto longe les murs gris jusqu'à sa destination. Soudain, une voiture, pleins phares, avance dans sa direction. Elle progresse à faible allure. Son conducteur semble chercher quelque chose.

***

L'œil au plus près du miroir, Marco entreprend l'épilation de ses sourcils avec de petits cris. Il frotte son arcade, ça pique trop. Il décide de boire un verre le temps que la douleur se calme. En allant se servir, il allume le téléviseur sans se préoccuper du volume. La dernière fois que le voisin a essayé de se plaindre, il a failli passer par-dessus la rampe d'escalier. Il vide son verre d'un trait, l'abandonne sur la table avec la bouteille. Marco est trop excité pour dormir. *Love-pill*. Il n'en a plus, doit attendre le lendemain pour prendre sa part sur une livraison à dealer. Le temps traîne, la nuit n'en finit pas…

Marco a poussé le chauffage au maximum, il écarte les rideaux qui flottent mollement devant la baie vitrée ouverte. Il espère apercevoir enfin une lueur à l'est… Non. Il est beaucoup trop tôt. Rien d'autre pour l'instant que la rue noire humiliée par les réverbères qui révèlent ses travaux. Et une vague silhouette qui passe et l'observe éventrée… Sûrement un pilleur de chantier… Encore un sourcil à épiler…

***

La voiture s'immobilise à côté d'une pelle mécanique, son moteur continue à tourner. Le motard attend qu'elle bouge pour prendre une décision. *Qu'est-ce qu'il fout ? N'approche pas, c'est pas le moment de me briser les noix.* Comme par magie, une femme quitte l'ombre d'un bâtiment en ondulant des hanches. Manteau de fourrure entrouvert sur un large décolleté, elle exhibe, malgré le froid, une poitrine opulente. Elle se penche à la portière dont la vitre chuinte vers le bas, échange quelques mots avec le chauffeur, contourne le véhicule et s'installe sur le siège du passager. La voiture repart, le fantôme à moto relâche la crosse du pistolet qui patiente au fond de sa poche. Puis il gare son deux-roues à l'angle du bâtiment et, sans poser son casque, parcourt les derniers mètres qui le séparent du hall d'entrée. La serrure cède au rossignol de bonne grâce. *Juste quatre étages et j'y suis.* Sur le palier, il colle l'oreille à la porte et constate que la télé gueule.

***

Les sourcils correctement épilés, Marco esquisse quelques pas de danse sur une musique publicitaire, les bras levés et les yeux rieurs. Au pied du lit, une paire de baskets bleues comme un ciel caraïbe paraît attendre un voyage. Marco se sert une vodka supplémentaire.

***

De ses mains gantées, la silhouette noire visse un silencieux au bout de son arme. La serrure de l'appartement de Marco s'abandonne au passe-partout aussi vite que celle du hall. La porte s'ouvre dans un grincement inaudible, couvert par le son du téléviseur. L'appartement surchauffé dégage une odeur rance de linge sale et de dépotoir domestique. Les murs n'ont pas vu un pinceau depuis des lustres et les tommettes n'ont jamais été cirées. Marco quitte la chambre, parcourt le couloir en flottant dans sa sortie-de-bain… se retrouve nez à nez avec l'homme casqué. Sa bouche s'arrondit devant l'arme qui le braque. L'agresseur, un doigt sur les lèvres, lui ordonne un silence inutile dans le vacarme télévisuel, puis ferme la porte d'une talonnade. Le visage de Marco vire au blanc malgré la crème hydratante teintée. La crosse fend ensuite son arcade sourcilière impeccablement dessinée. Marco crie, porte une main à son front et la ramène devant lui, rouge et dégoulinante.

— C'est de l'argent que vous voulez ?

L'inconnu agite le pistolet et indique le salon. Puis un sofa usé. Marco prend place, jette à l'agresseur un regard éperdu, suppliant. L'homme en noir se saisit de la télécommande, baisse le volume et se décide enfin à parler, sa voix étouffée par le casque.

— Tu as agressé ma fille.

— … Non ! Je vous jure… c'est pas moi… J'étais…

— Ta gueule !

Sans cesser de menacer Marco, le pistolet passe

de la main droite de Levasseur à sa gauche. La dextre se trouve donc libre pour attraper le couteau de survie qui pend à sa ceinture.

— Je vais couper tes couilles et te regarder te vider.

Avec une soudaineté et une énergie que Levasseur ne soupçonnait pas, Marco se précipite sur la terrasse. Bruno se lance à sa poursuite mais ne parvient à agripper qu'un peignoir vide. Quatre étages plus bas, un corps nu s'écrase dans la nuit. Et un vieux crachin d'automne tente en vain de laver le drame. Sans hâte, Levasseur suspend la sortie-de-bain à une patère, derrière la porte de la salle d'eau. Puis il quitte les lieux aussi discrètement qu'il y était entré. Il débouche dans la rue, marche d'un pas tranquille vers sa moto, sans un regard pour le cadavre.

Il est 4 heures, le brouillard enveloppe le quartier. Au quatrième étage d'un bâtiment sans style, sur l'écran plat d'un appartement crasseux, une animatrice reçoit un artiste dont la carrière ne cesse de décliner depuis qu'elle a commencé. Ses couplets évoquent une romance caribéenne.

Chapitre XXXIII

Mercredi 28 novembre

À l'exception de Séverine, l'équipe s'étonne : Levasseur, rentré à Toulouse la veille, a pris sa journée. Toux, fièvre, fatigue… Rien d'extraordinaire vu la météo, mais le capitaine jouit d'habitude d'une santé de fer. Son dernier ordre, suite au rapport téléphonique d'Arnaud, a été de mettre Anne-lise Villamir en garde à vue. Bruno est allé trouver les collègues de Castres dans l'après-midi. Ils l'ont serrée ce matin. Elle se morfond dans la salle d'audition en attendant qu'on veuille bien s'occuper d'elle. Son maquillage a coulé sous ses larmes. Elle a l'air défaite lorsque Séverine entre enfin dans la pièce. La lieutenante allume la caméra, démarre l'enregistrement et s'enquiert réglementairement de son état civil. Puis elle enchaîne :

— Est-ce que vous souhaitez l'assistance d'un avocat ?

— Je n'ai besoin de personne pour dire la vérité. Pourquoi je suis enfermée ?

— Depuis combien de temps travailliez-vous pour la famille Delponte ?

Annelise accompagne sa réponse d'un haussement d'épaules.

— Depuis plus de vingt ans, je crois vous l'avoir déjà dit…

— Qui est le père de Valentin ?

En étant directe, Séverine espérait une réaction émotionnelle… Mais Annelise ne se trouble pas le moins du monde.

— Jean-Pierre est mort, ce ne sera bientôt plus un secret… Sous la pression de son père, j'ai menti à Valentin. Je lui ai dit qu'il était le fruit d'une seule nuit d'amour, que son père avait disparu au petit matin sans laisser de nom ni d'adresse… Et j'ai inventé des histoires d'héritage pour expliquer l'achat de son appartement et le financement de ses études. C'est comme ça que Jean-Pierre m'a contrainte au silence : si je parlais, Valentin n'aurait rien.

— Il vous a menti. C'est son fils, il est héritier réservataire.

— Il est né hors mariage.

— Les enfants adultérins ont les mêmes droits que les autres, ils ne peuvent pas être déshérités.

— Mais Jean-Pierre ne l'a jamais reconnu…

— Pour éviter le problème, il suffit de prendre un avocat et d'engager une procédure de reconnaissance en paternité. Simple analyse d'ADN.

— De toute manière, maintenant il est mort…

— Alors il faut demander un test en fratrie avec Florence, sa demi-sœur. Allez, arrêtez de nier l'évidence : Valentin va toucher sa part du gâteau. Vous voulez me faire croire que vous l'ignoriez ?!

Au grand étonnement de la policière, la réponse fuse, claire et forte :

— Je vous le jure sur la tête de mon fils et celle de la Madone !

— … Pour le moment je n'ai pas d'autre choix que de vous croire… Mais convenez que l'héritage du professeur Delponte constitue un excellent mobile de meurtre. Où étiez-vous, dimanche soir, entre 19 et 23 heures ?

— J'ai accompagné Valentin au CHIC[9]. On avait rendez-vous à 18 heures 30 avec le docteur Prévot.

9. Centre Hospitalier Intercommunal de Castres-Mazamet.

— Un dimanche ?

— Vous pouvez vérifier.

— On va le faire, n'ayez aucun doute. Qu'est-ce qui a motivé ce rendez-vous ?

— C'était une consultation préopératoire. Deux jours plus tard, mardi, on a retiré un mélanome à Valentin.

— Pourquoi ne pas avoir demandé à Jean-Pierre Delponte de s'occuper de l'opération de son fils ?

— Valentin vit à Castres, il n'y avait aucune raison avouable de le faire hospitaliser à Toulouse… Je peux partir ?

— Pas tout de suite. Où étiez-vous, la nuit du 22 au 23 ?

— Je suis ici depuis une semaine.

— Et votre fils va le confirmer, bien sûr.

— Oui. Il est bien éduqué, il ne ment pas.

— Pff… Hier, vous avez déclaré à l'officier Arnaud Laplace que le mardi 20, la semaine dernière, vous avez quitté Toulouse pour Castres entre 16 heures et 16 h 30.

— C'est bien ce que j'ai dit.

— Est-ce que vous avez pris l'autoroute ?

— Oui.

— Vous savez qu'on peut vérifier votre itinéraire

et les horaires que vous avez indiqués ?

— Je n'ai rien à cacher.

Inébranlable... Si elle était vraiment entre Toulouse et Castres à 18 heures ce jour-là, avec qui Bruno l'aurait-il confondue ?

À peine demi-heure et Séverine n'a pas le choix :

— Vous êtes libre, Madame Villamir. Mais ne quittez pas la région sans me prévenir.

Chapitre XXXIV

Mercredi 28 novembre

Séverine dépose deux tasses fumantes sur la table basse. Un puissant arôme de thé à la menthe évoque la nuit saharienne. La jeune femme se met à l'aise dans son fauteuil et tire sur les pans de sa jupe avant de reprendre la conversation là où elle l'a laissée deux minutes plus tôt.

— Tu voulais juste lui faire peur, lui donner une leçon… C'était un accident… Et puis j'ai lu le procès-verbal : un kidnappeur de gosse doublé d'un dealer et triplé d'un junky camé jusqu'à la moelle a sauté de son balcon à poil. Les conclusions seront vite tirées : *bad trip*. Pour couronner le tout : il n'y a aucun témoin. Même son voisin de palier n'a rien vu ni entendu. Et il ne cache pas sa joie : il détestait Marco, il en avait peur.

— Ma Sève… C'est la deuxième fois.

— … De quoi tu parles ?

Sa femme, incarcérée dans une voiture détruite. La désastreuse pente sur laquelle sa fille s'est engagée. Encore et toujours : Olivia coincée dans un amas de tôle. Son épouse, morte et qui revient sans cesse dans sa tête… Il serre la tasse brûlante sans penser à la porter à ses lèvres…

— Imagine une route de nuit, bordée de gros platanes. Elle est tracée droit en rase campagne. Aucun réverbère. Rien. Le désert. Juste l'œil froid de la lune au-dessus de ma bagnole… et de celle que j'ai prise en chasse.

Il s'arrête une seconde, considère le thé qu'il vient de poser devant lui, allume une cigarette et poursuit son récit.

— De loin en loin, une légère courbe fait disparaître ses feux arrière. Alors j'accélère. Je le rattrape. Je lui colle au train et je mets les pleins phares…

Séverine écoute silencieusement, un malaise la saisit petit à petit.

Bruno souffle la fumée par le nez, son front

commence à luire. Il poursuit son monologue avec le même ton neutre, détaché.

— Je brûle d'une rage incontrôlable, j'ai besoin de fraîcheur. Je baisse la vitre. Un air glacé pénètre dans l'habitacle mais ne me refroidit pas. Je veux sa peau…

Nouvelle interruption. Plus longue. Séverine a tendance à se recroqueviller dans le fauteuil.

— Je suis possédé, j'ai besoin de sang. Mon pare-chocs colle au sien, je m'interdis la pédale de frein malgré les crissements des pneus dans les courbes. Son bras gauche apparaît à la fenêtre, me fait signe de le dépasser. Il klaxonne. Je suis extrêmement concentré, précis, réactif. Je le pousse, il accélère. Je le rattrape, il appuie encore…

Le policier lève vers sa compagne des yeux durcis par la haine.

— Il perd le contrôle. Je pile, les pneus hurlent. Sa voiture devient folle, percute un platane qui ne bronche pas… Si tu savais ce que j'ai ressenti à ce moment-là… Une forme de jouissance. Je me suis garé dans un chemin de vigne, suis allé le voir. Mort. Coincé dans les tôles froissées. La campagne dormait toujours. Pas un bruit, pas un animal, pas même un souffle de vent. C'était irréel. Je suis reparti, léger, en respectant scrupuleusement les limitations de vitesse…

— … Tu parles de l'homme qui a tué ta femme, non ? Celui qui est sorti de prison après cinq ans…

— Ma Sève… Je suis un tueur.

Chapitre XXXV

Jeudi 29 novembre

L'avion n'est pas arrêté que les plus pressés détachent leurs ceintures et rallument leurs portables. Le couloir est envahi, les passagers jouent des coudes. Laurent Ségala n'aime pas la cohue, il préfère attendre et profite de l'instant pour s'adresser à Nadia.

— Alors ? Le congrès t'a plu ?

— Je n'ai pas tout compris. Mais oui, j'ai apprécié. L'ambiance, les rencontres… et l'éloignement de Toulouse et de tous ces drames.

Les deux amants sortent de l'appareil parmi les derniers. Le bruit des roulettes résonne dans les galeries qui n'en finissent pas de s'étirer. Laurent oriente la conversation sur un point qui lui est cher :

— Maintenant, tu peux m'accompagner à tous les congrès. Tu quittes ton job au secrétariat dès demain et tu prends tes quartiers au septième étage. Secrétaire de direction. J'ai besoin de toi à ce poste.

— Nous en avons déjà discuté. Je t'ai dit que…

— Non. Je refuse que tu restes à l'accueil. Je tiens à ce que ton statut soit digne de toi.

Devant l'aéroport, ils attendent la navette qui les conduira au parking longue durée. Nadia est transie, un vent glacial s'infiltre sous sa veste. Elle n'a pas la tête au travail. De toute manière, Laurent n'en démordra pas. Il est inutile d'en rediscuter. Autant se résigner tout de suite. Elle contracte les épaules, réprime un frisson.

— Difficile de refuser… Quand tu as quelque chose dans la tête…

Laurent Ségala ne cache pas sa satisfaction.

— Merci, ma chérie. Je suis vraiment ravi.

Puis il comprend que Nadia grelotte et la prend dans ses bras.

— J'ai hâte d'arriver à la maison, ce froid me met le moral à zéro.

À part eux, seuls deux jeunes, le nez sur leurs smartphones, occupent le bus. L'aire de stationnement est un vaste quadrillage rempli de véhicules mais abandonné des hommes. Le vent siffle dans les allées silencieuses, le couple avance en frissonnant.

— Tu te souviens du numéro d'emplacement, ma chérie ? J'ai laissé le ticket dans la voiture.

Nadia tend le bras, désigne un angle obscur.

— C'était par là, je crois.

Main dans la main, face au vent qui n'en finit pas de se renforcer, ils se dirigent vers une rangée au fond du parking et découvrent l'automobile. Nadia s'y engouffre pendant que Laurent charge les valises dans le coffre. Un homme immense et athlétique surgit des ténèbres derrière lui, bloque ses épaules de son bras gauche et lui plante une seringue de Sufentanil dans le cou de sa main droite. Le toubib s'affaisse comme un paquet de chiffons.

Chapitre XXXVI

Vendredi 30 novembre

Laurent ouvre les yeux, ses bras sont parcourus de fourmillements des épaules jusqu'au bout des doigts. Une douleur confuse et lancinante vrille son crâne. Bien qu'à demi-conscient, il comprend qu'il est ligoté sur une vieille chaise de fer dans un réduit minuscule. Les liens scient ses poignets. Sa tentative de hurlement échoue dans sa gorge. Le chiffon qui le bâillonne et rend sa respiration difficile sent la terre et les légumes pourris. Il est saisi d'une furieuse envie de vomir.

— Enfin tu te réveilles.

Un géant aux muscles exagérément proéminents et au crâne rasé le toise, articule pour bien se faire comprendre du toubib hébété.

— Maintenant que tu as repris tes esprits, on va discuter.

L'homme retire le bâillon. Laurent hurle, une gifle le renverse avec sa chaise. Le colosse le redresse d'une main.

— Ça sert à rien, personne peut t'entendre. C'est tout petit, ici. Problème de budget. On a logé ta copine dans la pièce à côté, avec un pote. *Le Muet*, il s'appelle. Tu sais pourquoi ? Ben ouais : parce qu'il parle pas. Il est comme ça : silencieux. Et c'est un génie du scalpel. Tu vas piger de suite. Le Muet, fais-la chanter, s'il te plaît !

Et un cri atroce déchire les oreilles du toubib.

— Nadia !

— Tu es prêt à m'obéir ?

— Oui, tout ce que vous voulez. Ne lui faites plus de mal, s'il vous plaît.

— Bien. Tu vas récupérer quelque chose pour moi.

— Quoi ?

— Tu recevras des instructions en temps voulu. Et ne m'interromps plus, sinon le Muet déchire ta pouf au bistouri. Je te demande rien de compliqué, c'est un boulot que tu as déjà fait. Rappelle-toi… à Marseille… avec ton beau-père…

Laurent n'y tient plus. Ses jambes se mouillent, le pantalon colle à sa peau. Autour de son cou, le colosse passe un lacet de cuir.

— Je t'interdis d'ôter ce médaillon. Et je veux que tu prélèves un rein que tu m'apporteras dans une glacière.

Chapitre XXXVII

Vendredi 30 novembre

Qu'est-ce que j'aurais fait, à sa place ?... Oui, c'est un meurtrier. Il a tué l'assassin de sa femme. L'agresseur de sa fille... Si on m'avait pris mon homme ? Si on le butait, lui ? Et si j'avais l'opportunité de me venger ? Enfin... Si je créais des circonstances favorables... Si j'étais assurée de l'impunité, je ferais quoi ? Sûrement la même chose. Potentiellement, je suis une tueuse aussi. Suis-je sûre qu'on vaut mieux que les gens qu'on arrête ?...

Les aveux de Bruno ne changent rien aux sentiments de Séverine. Peut-être qu'au contraire, ces secrets mortels ont fixé son attachement : il lui a tout avoué, il a placé sa vie entre ses mains. Une telle confiance est forcément le fruit d'un amour puissant… Un sentiment équivalent à celui qu'elle éprouve, elle qui ne le dénoncera jamais.

Séverine est songeuse, solitaire malgré Sophie à sa droite, à la place du mort. Elle se gare devant le chalet de Bruno et coupe le contact. Enfin ses sombres pensées cessent, elle se fait enjouée :

— Je suis vraiment contente de revenir ici, c'est un bel endroit. Je sens qu'on va vivre un week-end de rêve.

— D'autant qu'on le commence un vendredi après-midi.

— On pose les bagages et on visite le village ?

— Ouais, il y a sûrement des tas de choses à faire dans une mégalopole de ce calibre.

Les deux femmes déambulent sur le sentier qui mène au village, baignées par un silence que la ville a oublié et une odeur d'herbe mouillée. Deux cafés à la terrasse de l'unique bistrot. De l'autre côté de la rue, un antiquaire expose de vieux meubles, des tableaux fanés, des livres anciens… Et une affiche : *Quinquacentenaire de Leonardo da Vinci*. Un demi-millénaire que le génial Florentin a disparu… Forcément, Séverine a toujours l'affaire à l'esprit. Un arrière-plan permanent, une sorte de démangeaison intellectuelle…

— On va jeter un œil en face, chez l'antiquaire ?

— Bonjour mesdames. Vous cherchez quelque chose en particulier ou je vous laisse chiner tranquilles ?

— Tout ce qui a trait à de Vinci m'intéresse.

— Vous arrivez à la fin de l'année commémorative, il ne me reste plus grand-chose. Voyons…

L'antiquaire extrait d'un carton à dessin une sanguine de 40 centimètres sur 60, environ. Il la maintient bras tendu à hauteur des yeux, en pleine lumière.

— Voilà une très belle reproduction d'un de ses croquis les plus célèbres : *L'Homme de Vitruve*. *Manpower* l'utilisait comme logo, à une époque.

Séverine sourit… Jusqu'à ce que Sophie lâche :

— J'ai vu ce dessin il y a pas longtemps… Je me souviens plus… Si, c'était à la clinique.

— Pendant ta convalescence ?

— Non, la semaine dernière. Mon père m'avait envoyée là-bas à cause de l'enquête, j'attendais qu'il passe me récupérer.

— Dites, j'ai une crampe à force de tenir l'affiche

à bout de bras. Je la pose sur le comptoir, vous viendrez me voir quand vous aurez fini de discuter, d'accord ?

— Hum ? Oui, bien sûr, merci. Mais… tu l'as vu où, au juste ?

Après une seconde de réflexion, paupières fermées, les yeux tournés vers sa mémoire, Sophie ajoute :

— Dans une revue, au secrétariat.

— Elle était posée sur la table de la salle d'attente ?

— Non, sur le bureau de… Je crois qu'elle s'appelle Nadia.

— Il faut que je téléphone à ton père… On n'a pas suffisamment enquêté sur elle.

La nuit est déjà tombée lorsque Bruno les rejoint au chalet. Les deux femmes prennent l'apéro sur une table basse ouvragée par le menuisier du village, un feu de cheminée distille des arômes d'écorce brûlée.

— Désolé pour le retard, mais le commandant de gendarmerie avec qui j'ai pris contact avait du biscuit. Sophie remplit deux verres de vin. Un troisième de Perrier.

— On t'écoute.

Bruno sort un calepin, relit rapidement le début de ses notes, puis se lance en regardant Séverine :

— Nadia t'a raconté que son père a abandonné sa famille qui, ensuite, a mené une vie très dure : une mère célibataire, femme de ménage, seule pour élever ses trois enfants, Nadia et ses deux frères.

— Oui.

— Mais est-ce qu'elle t'a dit dans quelle ville ils habitaient ?

— Euh… Pas que je me souvienne.

— À ton avis ?

— OK, je te vois venir. Marseille ?

— Oui. Nadia Fraisse s'est bien engagée dans l'armée suite aux morts successives de son frère cadet et de sa mère, comme elle te l'a dit. Il est vrai aussi qu'après quelques mois au CFIM[10], elle a été admise à l'école de gendarmerie de Montluçon… Ce qu'elle t'a caché, en revanche, c'est qu'après sa formation, elle a intégré le groupement de gendarmerie des Bouches-du-Rhône dont le siège se trouve à…

— … D'accord. Mais euh… et alors ?

10. Centres de Formation Initiale des Militaires.

— Pour finir, si elle a bien divorcé quand elle a quitté la gendarmerie, ce n'est pas ce qui l'a poussé à démissionner : elle a été mise à la lourde. Et elle s'est fait virer parce que, pendant des années, sans ordre et en utilisant les ressources de la gendarmerie, elle a mené une enquête personnelle sur Delponte.

— Mais… pourquoi ?

— L'affaire qui a poussé le toubib à quitter Marseille pour Toulouse, tu te souviens ?

— Je crois que je comprends…

— Oui : le minot que Delponte a laissé sur la table soi-disant à cause d'une septicémie foudroyante, le jeune Penaveyre, c'était le petit frère de Nadia. Et on n'a pas fait le lien entre eux parce que Nadia a conservé le nom de son mari, Fraisse, après le divorce.

Chapitre XXXVIII

Vendredi 30 novembre

Jules Fourcade n'en croit pas ses yeux : le mail qu'il vient de recevoir porte une réponse positive. Il a rendez-vous pour un entretien. Depuis plus de six mois, il envoie son CV aux entreprises de la région. Rien. Malgré sa formation en informatique. Et enfin, aujourd'hui, on le contacte pour un job de maintenance réseau dans une start-up. Du sur-mesure. Il laisse à peine passer deux minutes après 14 heures pour appeler :

— Bonjour. Jules Fourcade. J'ai reçu un mail de votre part m'invitant à prendre rendez-vous pour un entretien d'embauche.

— Ha oui, bien. Ce soir 19 heures, ça vous convient ?

— Oui.

— Parfait. Je vous envoie le point GPS. À tout à l'heure.

— Merci.

***

Une nuit humide et froide écrase la triste et déserte avenue des Coteaux. Trois ouvriers s'y affairent, au croisement de la rue Courbet. Ils installent des barrières et posent des panneaux de déviation. Ils prennent soin de baliser chaque mètre de la chaussée afin de dissuader les automobilistes de négliger l'interdiction. Puis, à l'aide de cônes de signalisation et de rubalise de chantier, ils matérialisent un passage réservé aux motos et scooters.

— À toi de jouer, Nico, commande le colosse qui semble être le chef.

Nicolas s'empare de deux gros jerricans d'huile de vidange qu'il peine à porter, et s'engage dans le passage. Arrivé au bout, dans le virage qui mène à la rue Courbet, il les ouvre et les vide sur la chaussée. D'un trottoir à l'autre, le liquide gluant se répand. Satisfait, Nicolas remonte le passage et rejoint ses collègues.

— C'est bon ?

— Affirmatif.

— Chacun connaît sa partition : regagnez l'ambulance, permutez les immatriculations, changez-vous et allez vous planquer à l'endroit prévu. Exécution.

***

Jules Fourcade ralentit pour s'engager dans le goulot balisé de blanc et rouge. Puis, sur la ligne droite qui file jusqu'au virage, il met plein gaz. Aujourd'hui, c'est l'opportunité de sa vie. Il est enthousiaste : ce boulot est pour lui… Et il perd le contrôle de son engin. Il dérape, chute, lâche le guidon, ferme les yeux. La moto glisse dans un jaillissement d'étincelles que la nuit transforme en feu d'artifice, puis percute une benne de gravats. Dans l'odeur de l'essence et des pneus brûlés, des morceaux de plastique s'envolent en fumant. Telle une marionnette disloquée, Jules Fourcade gît au milieu de la chaussée. Il respire encore. À plat ventre sur le goudron, les bras en croix, il esquisse un faible mouvement de tête, plie une jambe, remue un pied…

— Monsieur, ne bougez pas. Les pompiers sont prévenus, ils ne devraient pas tarder. Surtout, n'essayez pas d'enlever votre casque. Les secours vont s'occuper de vous…

Et le colosse au crâne rasé continue à parler au blessé sans discontinuer… jusqu'à l'arrivée d'une ambulance. Deux brancardiers en descendent et se précipitent vers le motard, l'homme agenouillé près de lui les félicite :

— Vous avez été rapides, c'est une chance.

— On était dans le secteur, sur un retour à domicile.

À demi-conscient, Jules Fourcade se dit qu'il s'en sort bien. Il geint quand on le charge dans le véhicule mais il est content de sa chance.

L'ambulance fonce dans la nuit toutes sirènes hurlantes.

— J'ai glissé sur une flaque d'huile. J'ai perdu le contrôle, explique-t-il comme pour s'excuser.

— Ne bougez pas, ordonne le géant qui l'a accompagné dans le véhicule.

Puis il découpe la chemise qui colle à sa peau.

— Comment vous appelez-vous ?

— Jules… Fourcade… Si on m'amène pas très vite à l'hôpital, je vais mourir. Je le sens, je vais y rester.

— Taisez-vous.

— J'avais rendez-vous pour un boulot. J'allais arriver…

Mais l'homme ne l'écoute pas. Il tire un paquet de chewing-gums de sa poche, en cale un dans sa bouche.

L'ambulance s'immobilise sur le parking de la clinique. Les sirènes cessent et les deux brancardiers, précédés de l'hercule au chewing-gum, se ruent vers les urgences.

— Appelez le docteur Ségala !

Le chirurgien arrive immédiatement, évalue consciencieusement la situation. Nadia est toujours entre les mains du colosse et du muet…

— Conduisez-le en radiologie. On lui enlèvera son casque après.

Le médecin adresse un sourire forcé à Jules qui pleure sur la civière.

— Vous allez tenir le coup, affirme-t-il pour la forme… Qui faut-il prévenir ?

— Personne. Je n'ai pas de famille ici. Pas de travail ni d'amis non plus… Mes parents habitent à la Réunion, je ne vais pas leur imposer 24 heures de trajet et d'inquiétude pour une chute… surtout maintenant que je suis entre de bonnes mains.

— Nous allons pratiquer quelques examens. Je voudrais m'assurer que vous ne présentez aucune lésion interne. Je vais vous mettre sous calmant en attendant. C'est l'affaire de vingt-quatre heures.

— Ma bécane…

Le grand chauve approche.

— J'ai appelé votre assurance, ils ont envoyé une dépanneuse.

Puis il fait signe aux ambulanciers de partir : ils ont rempli leur mission. Et, avant de prendre congé lui aussi, il s'adresse à Ségala en mâchant son chewing-gum :

— J'attends de tes nouvelles, toubib.

Chapitre XXXIX

Dimanche 2 décembre

Jules Fourcade est seul dans sa chambre depuis 30 heures. Déjà deux prises de sang et pas mal de morphine. Il dort.

Une aide-soignante inconnue le réveille. Toujours dans un état second…

— Debout, Monsieur Fourcade. Je viens pour la toilette. Vous allez vous savonner avec la Bétadine. Ensuite vous n'aurez plus beaucoup à patienter.

Dix minutes plus tard, Jules Fourcade est couché sur un vieux lit aux roulettes grinçantes que l'aide-soignante pousse jusqu'à une sorte de salle d'attente.

— Je vais revenir vous chercher. Ne bougez pas.

Et comment je pourrais me déplacer ? Je suis

cassé en morceaux et défoncé à la morphine... Et pour aller où, de toute manière ?

Sept minutes plus tard, l'aide-soignante revient.

— La voie est libre, c'est à vous.

La voie ?... La place, non ?

Mais Jules est toujours dans le coaltar et elle pousse le lit hors de la pièce. Puis le long d'un couloir. Dans un ascenseur qui descend. Descend longtemps. Et dont la porte finit par s'ouvrir sur un nouveau couloir. Gris, celui-là. Et froid. Le lit pousse deux battants coupe-feu dans un bruit de saloon. Et Jules Fourcade arrive dans une pièce où siffle un courant d'air. L'aide-soignante stoppe le pageot, fait demi-tour. Jules tourne la tête et la voit s'éloigner dans la direction opposée à l'ascenseur. Elle s'arrête trois mètres plus loin. Un homme s'approche d'elle. Blouse et stéthoscope... *Un médecin ?* Il lui donne des papiers... une liasse. De l'agent. Elle compte, disparaît. Une porte claque.

— Je suis le docteur Ségala. Tout va bien se passer.

Blouse et stéthoscope. Confiance ?

— Merci.

— Je vais vous donner un sédatif et nous pourrons commencer l'intervention.

— Mais… quelle opération ?

— Je dois réduire une fracture. Ne vous inquiétez pas, c'est la routine.

Laurent Ségala saisit le bras du jeune homme, tapote sa fosse cubitale et enfonce l'aiguille. Une trentaine de secondes plus tard, Jules Fourcade sombre dans le plus noir et le plus profond des sommeils.

Laurent Ségala prend son portable :

— Je commence l'intervention. Je vous rappelle dès que c'est terminé. Tenez-vous prêts.

— Combien de temps ?

— Une néphrectomie que je n'ai pas besoin de refermer ?… Euh… Dans une heure ce sera fait.

Il raccroche et saisit un scalpel.

Cinquante-quatre minutes plus tard, Laurent place les reins dans une glacière médicale. Puis il attrape une nouvelle seringue, l'enfonce dans la veine basilique médiane gauche de Jules et actionne le piston.

Pendant que Laurent Ségala lave et range son matériel, le corps de Jules Fourcade se raidit d'un coup, puis se détend.

Laurent téléphone à nouveau.

— C’est fait.

— Tu vas au parking souterrain avec la glacière, dernier niveau, à côté de ta bagnole. T’auras pas long à attendre.

— Et pour…

— Ta gueule !

Laurent se mord la langue.

— Excusez-moi…

— Tu portes toujours le médaillon ?

— Oui.

— Bien. Ta copine sera libérée quand on sera à distance, le Muet et moi.

Chapitre XL

Dimanche 2 décembre

Séverine sursaute. Elle aurait dû éteindre son portable. *Numéro privé.* Bruno ronfle à côté d'elle, elle décroche.

— Allô ?

— Regarde tes textos.

Silence.

Pas le temps de redouter un problème, elle pose son doigt sur l'icône SMS :

Résolution de l'affaire Delponte au parking souterrain du château vert, niveau 3, le plus vite possible. Tout est dans la glacière.

Séverine jette son portable sur Bruno et file à la salle de bains en criant :

— Debout ! Lis le texto !

Sur des routes nocturnes désertes, Bruno insulte les limitations de vitesse tandis que Séverine prévient l'équipe et envoie un SMS à Sophie pour qu'elle ne s'étonne pas d'être seule à son réveil.

— T'étais pas obligé de brûler le rouge !

— Bien sûr que si !

Et il ouvre la fenêtre pour placer le gyrophare aimanté sur le toit.

***

Le front en sueur, Ségala trimbale la glacière le long d'un couloir gris, puis dans les allées du parking. Encore quelques mètres et il aura atteint son SUV rouge prune… de légers crissements de pneus sur le lisse revêtement le font sursauter. *D*éjà ? Il pose la glacière sur le capot, une voiture freine juste derrière lui.

— Police ! Mettez-vous à genoux, les mains au-dessus de la tête.

Chapitre XLI

Lundi 3 décembre

Le silence est pesant dans la salle de réunion, l'équipe attend que le patron résume les derniers développements de l'affaire Delponte.

— Tout le monde est là ? OK. Je me lance :

« La glacière que transportait Ségala contenait deux reins qu'il venait de prélever sur un type qu'on a retrouvé évidemment refroidi dans le local de maintenance qui jouxte le parking de la clinique.

On a cuisiné le toubib qui nous a raconté que sa compagne, Nadia Fraisse, avait été enlevée par deux types, un balèze au crâne rasé et un autre qu'il n'a pas vu mais dont le surnom est *le Muet*. Le toubib nous a raconté qu'il avait été contraint de pratiquer la double ablation pour sauver la vie de sa copine… J'y reviendrai.

Il y avait peut-être une faiblesse dans son histoire, alors je lui ai mis la pression : c'est pas facile de retirer proprement un rein, surtout quand on est plus addictologue que chirurgien. Des trafiquants d'organes auraient eu meilleur compte de s'adresser à quelqu'un d'autre que lui… Ségala était à bout de nerfs, épuisé, terrorisé… Il a lâché le morceau assez vite : ce n'était pas la première fois qu'il commettait ce genre d'horreur. Delponte et lui ont dessoudé plus d'une vingtaine de clochards fournis par la mafia hongroise, à Marseille comme à Toulouse. Des gens sans famille, ni amis, ni recours… Leurs organes ont alimenté un trafic géré par ces mêmes Hongrois. Delponte et Ségala ne travaillaient pas gratis, bien sûr… Et voilà l'explication des voyages de Ferreira à Zurich : chaque versement correspondait à un mort charcuté…

Je continue :

Vous vous souvenez sûrement de l'excellent travail d'Arnaud à propos de l'affaire qui a poussé Delponte à quitter Marseille pour Toulouse. Le nom du minot soi-disant décédé d'une septicémie foudroyante, mais qui a en fait subi lui aussi une ablation des reins – dixit Ségala –, c'était Benjamin Penaveyre. C'est là qu'on est passés à côté… La compagne de Ségala, l'ancienne gendarme qui inspirait tellement confiance, Nadia Fraisse, a pour nom de jeune fille : Nadia Penaveyre. C'est la sœur aînée de Benjamin. Une fois que t'as cette pièce en main, le puzzle se termine tout seul :

– Elle est gauchère ;

– Elle avait la clé du bureau de Delponte ;

– Elle avait accès à la vidéosurveillance de la clinique ;

– C'est forcément elle que j'ai confondue avec la gouvernante des Delponte quand je l'ai vue, sous la pluie et avec un foulard sur la tête, devant leur appartement : elle venait d'y prendre la clé du garage et de la voiture dont elle a saboté l'airbag et la ceinture ;

– C'est elle qui a buté Ferreira et amoché Wilfried ;

– C'est elle aussi qui a éclaté la tête de son amant et qui a piqué sa bagnole pour provoquer l'accident de Marie-Hélène Delponte ;

– Enfin : Séverine lui a donné sa carte : elle donc pu l'appeler pour la prévenir que Ségala allait se trouver au parking, une glacière à la main…

— Mais… Si c'est elle qui a tendu le traquenard pour Ségala, comment tu expliques qu'elle ait été torturée ?

— Le toubib a entendu ses hurlements mais il ne l'a pas vue. Le grand balèze lui a parlé d'un complice qui est resté invisible, lui aussi. Et puis, *le Muet*, c'était facile…

— Donc, l'enlèvement et la torture, c'était du cinoche.

— Oui… Il y avait trois enfants Penaveyre : Alexandre, Nadia et Benjamin. Nadia n'a pas pu mener seule toutes ces opérations. Alexandre, le grand frère, balèze au crâne rasé, est dans le coup. Ils ont vengé Benjamin…

— Ils sont où, maintenant ?

— Ils nous ont dans les reins et la PAF[11] a leur signalement… Mais vu leur professionnalisme, je donne pas lourd de nos chances.

— Patron, mais… euh… et Vitruve ?

— … Ferreira amenait des valises en Suisse, Ségala des glacières aux mafieux… Encore une fois, Arnaud avait raison : Ségala portait un médaillon autour du cou, deux mains et deux jambes de son

11. Police Aux Frontières.

Vitruve étaient percées de trous minuscules. Une certaine logique est respectée : une tête pour le décideur, Jean-Pierre Delponte ; deux paires de bras pour les exécutants : Ségala et de nouveau Delponte ; deux paires de jambes pour les livreurs de valises et de glacières : Ferreira et encore Ségala ; et un seul cœur : Marie-Hélène Delponte…

— … Ça colle pas : ils se sont tous fait buter sauf Ségala… Il aurait dû mourir et prendre une balle dans chaque main et chaque jambe… En plus, frère et sœur ont largement eu l'occasion de le dessouder…

— Tu as raison, Arnaud… Je ne comprends pas pourquoi ils l'ont épargné… Il arrive que certains éléments d'une enquête restent à jamais dans l'ombre. C'est peut-être le cas… Si un jour quelqu'un m'apporte l'explication, je veux bien faire une entorse à mes principes et fêter ça au pure malt.

Chapitre XLII

Mardi 24 décembre

Séverine, Sophie et Bruno sont retournés au chalet pour les vacances de fin d'année. L'air est glacial mais pur et sec, les sapins municipaux réglementaires illuminent la rue principale du village. Encore une course ou deux à faire pour le repas de réveillon. Arpenter le trottoir jusqu'à la boucherie… Bruno pousse la porte, une sonnerie retentit, ils entrent, rendent leurs saluts aux clients. Par habitude, Bruno tente d'estimer le temps qui lui reste avant d'être servi… Et son portable sonne.

— Allô ?… Ha bon ?… Vous pouvez le scanner et me l'envoyer, s'il vous plaît ? Merci beaucoup…

Bruno raccroche, tourne vers les filles un visage un peu pâle et ajoute :

— Je vous expliquerai dehors.

Le trottoir glacé retrouvé, Bruno raconte :

— Ségala a fait une crise de nerfs en prison, il s'est tapé la tête contre les murs et a essayé de s'arracher un œil. Il est sédaté et attaché à son lit.

— Pourquoi il a pété les plombs ?

— Le directeur de la taule en sait rien. Le baveux lui a apporté des chocolats, Noël oblige. Vu ses honoraires, il aurait pu aussi lui amener des langoustes et du champ'…

— Allez, ne nous fais pas attendre !

— Sans penser à mal, il lui a aussi remis un acte d'état civil qui est arrivé pour lui au cabinet, par la poste. C'est ce qui a déclenché la crise du toubib.

— Et il dit quoi, ce papier ?

— J'attends de le recevoir par mail, question de secondes… Tiens, le voilà.

— Alors ?

— … Alors Jules Fourcade a pris le nom de son beau-père, Hervé Fourcade, quand sa mère l'a épousé. Mais il est né de père inconnu et de Maria-Dolores Villalonga…

— Je pige que dalle, papa…

— Ségala a charcuté et tué son fils.

— Tu voulais savoir pourquoi Nadia et son frère ne l'ont pas exécuté…

— Ouais… Je vais me servir un whisky, en rentrant… Quand je pense qu'on a toujours pas serré ces deux ordures…

— Il y a tant de tueurs en liberté…

Remerciements

Mes remerciements vont d'abord à Romain Champagne, mon éditeur qui a cru en ce roman, ainsi qu'à ses collaborateurs et collaboratrices, Sophie, Dominique, Juan, qui m'ont accompagné dans la finalisation de cette entreprise d'écriture.

Je remercie aussi vivement ma libraire, Anne-Sanchez, pour son soutien indéfectible. Elle, qui se donne tout entière à sa passion du livre, ne ménage jamais ses efforts lorsqu'il s'agit de promouvoir la lecture. Son aide a été déterminante.

Merci à mes amis Stéphane Delpech et Guillaume Delorme, qui ont eu la gentillesse de me faire découvrir les locaux du quai de l'Embouchure et la patience de m'expliquer les rouages de l'administration policière.

J'ajoute que ce roman n'aurait pas vu le jour sans les incitations de ma fille Céline et de mon beau-fils Jean-Christophe, qui m'ont poussé à l'écriture d'un roman policier.

T.D.O Éditions, SARL

Composition, mise en page : TDO Éditions
ISBN : 978-2-36652-319-5
Dépôt légal février 2022
Impression sur les presses
de Laballery février 2022
Numéro impression : 202751